AF393901

Un grand merci à Jean-Jacques Pecheux
pour son aide précieuse lors de la
création de ce tome 2 des
'Vagues de l'enfer'

Christine Duportel
Fabienne Hégron
Mara Montebrusco-Gaspari

***

Les vagues de l'enfer

Tome 2
Viktor le maléfique

Éditeur : BoD-Books on Demand,

12/14 rond point des Champs Élysées, 75008 Paris, France

Imprimé par : BoD-Books on Demand, Norderstedt, Allemagne

ISBN : 978-2-3221-4719-9

Dépôt légal : 09-2018

<u>PRÉAMBULE</u>

Cette histoire a vu le jour un soir d'automne, comme ce fut le cas pour le tome I « Le secret de Mathilda ». Les critiques encourageantes et enthousiastes des lecteurs et lectrices ont déterminé les auteures à renouveler l'expérience et à remettre en marche les forces du bien contre celles du mal.

Une certaine ligne éditoriale a été cette fois-ci nécessaire, mais le principe est resté le même : passer de la plume de l'une à celle de l'autre au gré des vagues et des marées de leur imaginaire, devenant tour à tour auteures et lectrices.

***

Rejoignez les auteures sur leur page
Facebook :
www.facebook.com/lesvaguesdelenfer

***

Chapitre 1

Retour aux sources

En Autriche, l'hiver pointait le bout de son nez. C'est là que nos deux familles avaient choisi de poursuivre leur quête. Les premiers flocons avaient fait leur apparition et tapissaient déjà les routes de leur manteau d'un blanc immaculé. Il était temps de rentrer en France pour se préparer à la naissance des deuxièmes enfants de Laurence et d'Adriana.

La petite Ingrid, surnommée affectueusement « Inguie » et petit Georges « Djoe » attendaient, impatients, la venue de leurs sœurs respectives, tout comme les papas qui n'avaient de cesse de savourer leur bonheur.

La vie était douce depuis qu'ils avaient entrepris le voyage, trois ans plus tôt. Partout où ils allaient, ils étaient reçus comme des membres de la famille.

Pour se lancer dans l'aventure et financer leur périple, Adriana et Laurence avaient vendu leur appartement. Julien y avait mis une bonne partie de ses économies, quant à Benjamin, il bénéficiait de son statut d'inspecteur en détachement à l'étranger sous couvert de la « SDRPI » qui permettait un revenu non négligeable pour le financement de la mission.

Ingrid et Julien avaient conservé leurs appartements qui restaient les pied-à-terre lorsqu'ils revenaient récupérer les pierres bleues au Portel. C'était le rendez-vous annuel avec Georges et Ingrid qui pouvaient leur donner accès à l'antre du fort ; eux seuls détenaient le pouvoir depuis le départ de Mathilda.

Cependant, cette fois, afin de préparer au mieux l'arrivée des petites Marie et Mathilda, ils avaient décidé de poser leurs valises un peu plus longtemps.

L'état des futures mamans n'étant pas propice aux assauts du Fort. Les familles avaient accepté l'invitation pressante de Sandrina, la sœur aînée d'Adriana, qui possédait une maison à Bouin, petite commune vendéenne proche de l'île de Noirmoutier. Ils pourraient y séjourner le temps qu'il faudrait.

Depuis trois ans qu'ils voyageaient à travers le monde afin de transmettre le message de Mathilda, Benjamin, Julien, Laurence, Adriana ainsi que leurs enfants, accumulaient les souvenirs merveilleux. Ils étaient parfois confrontés à quelques résistances, notamment lorsqu'ils essuyaient le refus de certains réticents qui, méfiants, esquissaient un brusque mouvement de recul lorsqu'il s'agissait de prendre en main la pierre bleue, mais ils savaient qu'il fallait du temps pour ouvrir les consciences. Ils n'ignoraient pas que la tâche serait ardue. Une multitude d'amitiés était née et ils gardaient des contacts assidus avec les nombreux nouveaux adhérents à leur cause commune.

Julien avait créé un blog sur lequel il relatait leurs voyages. Des milliers de personnes le suivaient au quotidien et des centaines de nouveaux visiteurs arrivaient chaque jour, convaincus à leur tour par les précédents. Le monde nouveau était bel et bien en marche.

Sur le chemin du retour qui les menait vers Bouin, Benjamin et Laurence procédaient tranquillement au ravitaillement dans un supermarché. Tandis que Laurence remplissait le caddie poussé par Benjamin, un jeune homme, mal fagoté et à l'allure désinvolte, bouscula violemment Laurence.

Le garçon, qui paraissait bien jeune, l'agressa verbalement et la pointa du doigt, lui demandant brutalement de faire attention où elle marchait. Effrayée, Laurence recula d'un pas. Benjamin s'interposa et prit la main du jeune homme dans laquelle il glissa rapidement une petite pierre bleue. Mais celle-ci tomba sur le carrelage. La pierre avait eu néanmoins le temps d'effleurer la paume de l'énergumène qui trébucha en reculant et se retrouva instantanément au sol dans une position inconfortable.

— Woaw ! Woaw ! Qu'est-ce que tu m'as fait là ? bredouilla-t-il familièrement.

Filbot, avec beaucoup de délicatesse, l'interrogea à son tour :

— Que veux tu dire ? Comment vas-tu ?

— Comment je vais ? Tu t'intéresses à moi alors que je viens d'agresser ta femme ?

— Pourquoi l'as-tu bousculée ?

— Je voulais lui voler son sac à main ! Je suis désolé ! ajouta-t-il en s'adressant à Laurence.

Puis, se tournant à nouveau vers Benjamin :

— Mais que m'as-tu fait ?

Benjamin ramassa la pierre bleue sur le sol et la tendit au jeune homme qui la prit cette fois sans réticence.

D'un coup, son regard s'illumina. Il ressentit à son tour cette sensation bienfaisante de légèreté et, le cœur rempli de compassion, il s'adressa à Laurence, lui tendit une main sympathique et lui demanda une nouvelle fois pardon. Laurence allongea le bras et lui saisit la main avec un large sourire :

— Enchantée ! Je me prénomme Laurence !

— Enchanté, Laurence ! Moi, c'est Marc ! Que puis-je faire pour me faire pardonner ? demanda-t-il en inclinant la tête.

Benjamin Filbot entoura amicalement l'épaule du jeune homme.

— Ma femme est enceinte et notre caddie est plein ! Veux-tu m'aider à le décharger ?

— Avec grand plaisir ! Oui ! s'empressa de répondre Marc.

Pendant que les deux hommes chargeaient ensemble les victuailles dans le camping-car, Laurence rejoignit Julien et Adriana qui prenaient le goûter avec les enfants dans une crêperie non loin du supermarché. Pour justifier l'absence de son amoureux, elle leur fit part de l'incident qui venait de se dérouler.

Benjamin et Marc conversaient sur le parking pendant qu'ils s'affairaient à ranger. Marc, métamorphosé, demanda poliment :

— Il y a un instant j'étais prêt à vous dévaliser, ta femme et toi, et nous voici en train de discuter comme deux amis. Peux-tu m'expliquer ce qui vient de se passer ? Pourquoi cette bienveillance ?

— Tu as simplement vu en nous cette bienveillance et tu as eu envie de nous la rendre ! Peut-être n'as-tu pas l'habitude que les gens s'intéressent à toi, tout simplement !

— Mais ce n'est pas naturel ! C'est la pierre que tu as mise dans ma main qui a fait ça ?

— La pierre, tu ne l'as plus ! La pierre t'a simplement supprimé toute la colère, tout ce fardeau que tu portes en toi. La personne que tu es, là, maintenant, c'est toi ; toi le cœur ouvert, prêt à donner et à recevoir. Ce que tu reçois quand tu ouvres ton cœur, tu as juste envie de le rendre !

— C'est incroyable ! Si tu pouvais savoir à quel point je me sens bien ! C'est magique !

— Je sais, oui ! Je sais ! répondit Benjamin avec un grand sourire. Il se souvenait, comme si c'était hier, de l'effet qu'avait eu sur lui ce petit caillou bleu et à quel point il avait transformé sa vie.

Puis il invita Marc à rejoindre les autres et lui proposa de les aider à son tour, lui offrant avant de partir, un petit sac de pierres bleues qui faisait de lui aussi un ambassadeur du nouveau monde

La pierre bleue était une aide précieuse à la quête qu'ils menaient. Sans elle, il aurait été beaucoup plus difficile de gérer certaines situations. Le monde dans lequel nous vivons n'est plus habitué à ouvrir son cœur aussi rapidement à des inconnus, bien au contraire, certains se refermaient sur eux-mêmes pour se protéger. Des situations comme celle que venaient de vivre Laurence et Benjamin, étaient récurrentes durant leurs innombrables voyages, mais ce sont autant de belles personnes qu'ils avaient pu rencontrer.

Chapitre 2

Le périple vendéen

À Bouin, Sandrina attendait sur le bord de la route, débordante de joie. Pour être certaine que le camping-car s'arrêterait bien devant chez elle et afin d'attirer l'attention de ses occupants, la jeune femme balançait ses bras de gauche à droite au-dessus de sa tête.

À peine le camping-car arrêté, la porte latérale qui donnait directement sur le salon s'ouvrit et Djoe en sortit en courant, tout sourire. Il se jeta dans les bras de Sandrina en s'écriant :

— Tata ! Tata !... talonné par la petite Inguie, qui tendait les bras pour profiter, elle aussi, de son étreinte.

Ils communiquaient régulièrement grâce à Skype et, ensemble, ils décomptaient les jours depuis une semaine.

— Enfin, vous voici arrivés ! Quelle joie de vous revoir ! Entrez vite et venez vous désaltérer… Comme tu as grandi, petit Djoe, et toi, Inguie, comme tu es jolie !

Adriana était heureuse de revoir sa sœur Sandrina qui n'avait suivi leurs aventures que par le biais de vidéos interposées, sans trop en saisir parfois les bizarreries. Elle fit les présentations et chacun fut ravi de se trouver en si bonne compagnie.
La maison de Sandrina était coquette, et les nombreux objets qu'elle recelait dévoilaient aux visiteurs son goût prononcé pour les voyages. Son activité professionnelle contribuait largement à cette envie de découvrir d'autres horizons, puisqu'elle était chargée de dénicher les endroits incontournables qui séduiraient les clients de son agence de voyages. D'ailleurs, elle préparait déjà son prochain périple.

La journée fut des plus agréables, et Sandrina entraîna toute l'équipe avec elle pour une balade le long des quais du petit port des Brochets. Les bateaux, de pêche et autres, ne semblaient pas impatients de prendre le large, leur coque balançant tranquillement au gré des vagues.

— C'est quoi cette terre en face, on dirait une île, non ? demanda Laurence.

— Oui, tu as raison, c'est l'ile de Noirmoutier ; tu vois là-bas, sur la gauche, c'est le pont qui permet d'y accéder. Mais il est également possible, à marée basse, de rejoindre l'île par le fameux passage à gué du Gois ; une route de 3 kilomètres, totalement immergée à marée haute !

— Woaw ! Sympa ! Tu veux dire que nous pourrions emprunter cette route pour nous y rendre ? Avec la mer de chaque côté ?

— En effet ; mais il est impératif de respecter les horaires ! Plusieurs étourdis en ont fait les frais ! Il existe également une course à pied, baptisée Les Foulées du Gois ;

les coureurs commencent à courir alors que la marée monte. Spectaculaire !

Naturellement, il fut décidé de rallier cette île, par le passage du Gois, dès le lendemain.
Il se faisait tard, et la fatigue commençait à gagner les arrivants ; les enfants s'étaient déjà endormis au creux du canapé douillet.
La maison de Sandrina possédait quatre chambres spacieuses et la perspective d'une bonne nuit de sommeil après cette longue virée en camping-car, enchantait tout le monde.
Pourtant, Benjamin, Laurence, Adriana et Julien n'avaient rien contre l'idée d'un dernier verre au salon en compagnie de Sandrina. Ils papotaient tous ensemble, de choses et d'autres, des voyages de Sandrina, de leur périple en Autriche, des fameuses pierres bleues qui soignaient si bien les bleus au cœur… lorsque subitement, on frappa de façon insistante à la porte.

— C'est chez vous, le camping-car ? demanda M. Dousset, le voisin direct de Sandrina.

— Oui, que se passe-t-il ?

— Mon épouse était à la fenêtre et a vu un homme casqué qui a réussi à ouvrir la porte du camping-car ; il est entré précipitamment, puis en est ressorti presque aussitôt quand nous avons allumé la lumière extérieure. Il s'est enfui à moto !

— Ah bon ? Merci M. Dousset ; nous allons veiller au grain !

Benjamin et Julien foncèrent pour vérifier qu'aucun objet ne manquait, en particulier les petits cailloux bleus qui étaient toujours bien en place, dans le tiroir de la commode.

Étrange, cette histoire, mais fréquente, hélas ! À surveiller tout de même ; Bouin est une toute petite commune vendéenne où l'on ne s'attend pas à des vols de la sorte ! Autant chercher à trouver le sommeil, d'ailleurs Morphée insistait lourdement…

Trois heures venaient de sonner au clocher de la petite église, et Benjamin Filbot ne parvenait pas à s'endormir. La pensée de l'intrusion dans le camping-car le tarabustait ; la faute à son métier d'inspecteur, sans doute. Quelqu'un cherchait-il à s'emparer des petits cailloux bleus, et si oui, dans quel but ? Ils étaient précieux, certes, mais pas dans le sens « vénal » que l'on entend d'ordinaire pour un voleur « normal » ! Peut-être que l'homme n'avait pas eu le temps de bien chercher…

Une multitude de questions agitait la nuit de Benjamin, qui finit par se lever pour honorer le bar de Sandrina, laissé, avec grande hospitalité, à la disposition de tous.
Dans le noir, tout en réfléchissant, il observait la lumière d'un lampadaire extérieur, lorsqu'une ombre attira son regard au coin de la rue…

La silhouette se faufilait en rasant les murs. Il était évident qu'il s'agissait de quelqu'un qui cherchait à passer inaperçu !

Intrigué, Benjamin se posta discrètement au coin de la fenêtre pour observer la rue.

En quelques bonds, l'inquiétant personnage arriva à hauteur du véhicule et, après avoir jeté quelques regards à la ronde, s'activa sur la serrure de la porte. Il n'y avait plus de doute ! Il s'agissait bien du malfrat qui, un peu plus tôt, s'y était introduit.

Benjamin, n'hésita pas une seconde. Sans faire de bruit pour ne pas réveiller la maisonnée, il fouilla dans son sac de voyage et en sortit son Beretta 92 et une paire de menottes. Il ne se séparait jamais de son arme.

À pas de loup, il sortit par la porte arrière de la maison, en fit le tour, et posté au coin de la maison observa le voyou qui venait juste de s'introduire dans le camping-car. Il s'approcha de la fenêtre et le vit s'affairer à fouiller tous les recoins. L'homme était vêtu de noir et portait une cagoule qui lui dissimulait le visage.
Benjamin le laissa faire quelques instants dans l'espoir de le prendre en flagrant délit et de découvrir l'objet de sa convoitise.
Les pierres bleues étaient conservées dans un tiroir, dans un petit coffre fermé à clé. Le malfrat venait justement de s'en emparer et tentait d'en forcer la serrure.

D'un geste brusque la porte du camping-car s'ouvrit et Filbot lui tomba dessus. D'une prise bien étudiée, il fit chuter le voleur face au sol ; pris par surprise, celui-ci n'eut pas le temps de réagir. Du genou il le cloua à terre, rabattit ses bras vers l'arrière et d'un clic il était déjà menotté.

Benjamin le souleva sans ménagement et le jeta sur la banquette, son Beretta au poing. L'individu essaya d'abord de se défendre à coups de pied, mais en voyant le canon du pistolet devant son visage, il abandonna en jurant. D'un geste rapide, Benjamin lui arracha la cagoule.

Le jeune homme qu'il avait devant lui semblait être tout juste sorti de l'adolescence. C'était un jeunot aux cheveux clairs et graisseux qui lui collaient au front. Filbot le souleva d'une main ferme et le sortit sans ménagement du véhicule. Il le poussa vers la porte arrière de la maison et le fit descendre vers la cave où il l'attacha à une chaise.

Tout ce remue-ménage avait réveillé Adriana qui avait le sommeil léger ces derniers temps. Lorsqu'elle vit la porte de la cave ouverte et la lampe allumée, elle réveilla Julien, croyant qu'un voleur s'était introduit dans la maison. Tous les deux descendirent à la cave et quelle ne fut pas leur surprise d'y trouver

Benjamin en plein interrogatoire avec un jeune homme menotté assis sur une chaise.

Le gamin n'avait pas ouvert la bouche depuis qu'il avait été fait prisonnier. Benjamin avait beau le presser de questions, impossible de le faire parler !

— Ah Adriana, Julien ! Je vous ai réveillés, on dirait, s'exclama-t-il en les voyant arriver tous les deux l'air ahuri. Voici la petite crapule qui tout à l'heure s'est introduite dans notre camping-car ; je l'y ai surprise de nouveau il y a quelques minutes. Malheureusement, pas moyen de le faire parler ! continua-t-il, un sourire narquois aux lèvres et le regard dirigé vers le malfrat qui ne le regardait pas.

— Eh ben, dis donc Benjamin, tu n'as pas perdu la main, on dirait ! s'exclama Adriana. Attends, laisse-moi faire, dit-elle en s'approchant avec un sourire entendu.

Elle sortit une petite pierre bleue de la poche de sa robe de chambre, saisit la main réticente du jeune homme qui serrait les poings et semblait à tout prix vouloir éviter de toucher à la pierre. Il hurla et se débattit :

— Noonnnn ! Pas ça ! Je vous en prie !

Mais il était déjà trop tard, la pierre avait déjà effleuré ses doigts qui, du coup, se détendirent. Sa main se relâcha et s'ouvrit. Adriana posa la pierre dans la paume du jeune homme et referma ses doigts sur elle.

Le regard du jeune garçon s'agrandit, ses yeux exprimèrent une incrédulité inouïe. Sa bouche se détendit, s'ouvrit en laissant échapper un « ohhh » retentissant !

— Que m'arrive-t-il, bredouilla-t-il en détendant tous ses muscles qui jusque-là étaient de pierre. Que m'avez-vous fait ! Suis-je mort ?

Adriana lui expliqua avec gentillesse et un grand sourire ce qui venait de lui arriver.
Entre-temps, les cris du jeune voleur avaient également réveillé Laurence et Sandrina, qui, encore à moitié endormies, se tenaient en

haut de l'escalier. Benjamin, reprit son interrogatoire.

Petit à petit une histoire rocambolesque sortit de la bouche du jeune garçon âgé de tout juste 18 ans et répondant au nom d'Alexandre Devin. Il avait, semble-t-il, été baladé de famille d'accueil en famille d'accueil depuis plusieurs années. Inscrit à Pôle Emploi, il ne trouvait pas de travail. C'est alors qu'il fut approché par un homme qui lui proposa un job très bien rémunéré. L'homme qui l'avait invité dans un café sur l'île de Noirmoutier lui avait alors raconté une histoire abracadabrante : une histoire de pierres bleues aux effets dévastateurs, contenant un poison mortel. Il lui avait alors demandé de s'emparer de ces pierres et de les rapporter au plus vite à son commanditaire, sans bien entendu les toucher, au péril de sa vie !

Sous l'effet de la pierre bleue, le jeune homme était devenu doux comme un agneau et était prêt à collaborer pour remonter la filière de ceux qui l'avaient corrompu.

Chapitre 3

Noirmoutier-en-l'île

Le matin se levait déjà, et toute la maisonnée s'installa pour prendre un petit déjeuner copieux. Habitués aux grandes tablées, les enfants s'étonnèrent à peine de la présence du nouveau venu.

Alexandre se sentait déjà chez lui dans cette grande famille ; pour lui qui n'en avait jamais vraiment eu, c'était un bonheur nouveau, incommensurable. Grâce à la pierre, toute la haine accumulée depuis son enfance s'était envolée, laissant émerger une âme qui avait touché les bas-fonds et qui n'aspirait pourtant qu'à apprendre la signification du mot « amour ».

Après de longues discussions et conciliabules, il fut décidé qu'Alexandre suivrait à la lettre les consignes qu'il avait reçues et qu'il se rendrait en fin de journée au café où il devait remettre son butin. Benjamin serait déjà assis au café prêt à suivre le commanditaire une fois qu'Alexandre lui aurait remis de fausses pierres bleues.

Laurence n'était pas rassurée ; suivre cet inconnu pouvait s'avérer dangereux, mais Filbot savait ce qu'il faisait : une petite filature n'était pour lui qu'un jeu d'enfant.

Mais où pouvait bien mener cette piste ? Et pourquoi voulait-on leur voler les pierres bleues ?

Le moment de se rendre sur l'île de Noirmoutier approchait. Laurence ne cachait pas son inquiétude. Elle insista fermement pour que Benjamin ne se rende pas seul dans ce café où Alexandre devait retrouver l'inconnu. Finalement, Julien parvint à lui faire entendre raison et à imposer sa présence.

Julien emprunta la voiture de Sandrina et les trois hommes se rendirent à l'endroit où la rencontre devait avoir lieu.

Le bar, situé face au port, était un lieu de rendez-vous fort fréquenté à cette heure. De nombreux amis s'y retrouvaient après le travail ; Benjamin et Julien eurent un peu de mal à trouver le meilleur emplacement tout en évitant de se faire remarquer. C'est finalement au fond de la salle, à côté de la vitre donnant sur le port, qu'ils trouvèrent une table libre. Ainsi installés, ils suivaient des yeux Alex qui guettait en attendant un signe lorsque son contact arriverait. Malgré la présence rassurante de Julien et surtout de Benjamin qu'il savait armé, le jeune homme restait toutefois anxieux face à cette situation délicate. Après tout, il ne savait rien de l'homme qui l'avait engagé.
Benjamin scrutait les clients du bar afin de déceler un éventuel comportement suspect. Quand soudain :

— Regarde Julien ! Regarde le type accoudé au bout du bar ! Là-bas, au fond ! Il ne te rappelle personne ?

— Où ça ? Il y a tant de monde ! Quel type ? demanda Julien qui cherchait à suivre le regard affûté de l'inspecteur.

— Ce gars-là ! Avec le blouson vert, juste devant l'horloge ! Je l'observe depuis quelques minutes ! Il a caché son visage quand je me suis tourné vers lui, mais je suis sûr qu'il m'a remarqué. On dirait qu'il cherche à m'esquiver !

Au même moment, le type en question tourna les talons, tête baissée en direction de la sortie, et accéléra le pas. Le flair de l'inspecteur ne l'avait pas trompé. Il était évident qu'il s'agissait de leur homme. Benjamin se leva d'un bond et traversa la salle en bousculant les clients sur son passage. Julien le talonnait. Alexandre, qui surveillait toujours à l'extérieur, assis sur un banc tout près du parc à bateaux, assista à la scène et reconnut son ancien complice. Voyant l'individu s'échapper, il traversa la route en courant, rattrapa le fuyard et, après l'avoir saisi par la capuche de son blouson pour le freiner dans sa course, parvint à le faire chuter et à l'immobiliser à terre.

Filbot qui venait de les rejoindre, se baissa et l'empoigna fermement. Il fut stupéfait en reconnaissant le jeune homme et marqua un temps d'arrêt :

— Marc ? C'est toi ? Marc ? Mais....

Benjamin resta un instant sans voix face au personnage qui le fixait froidement.

— Laisse-moi tranquille ! Laisse-moi partir ! rétorqua Marc en gesticulant pour tenter de se dégager de la poigne ferme de Benjamin.

— Mais enfin ! Marc ! Nous t'avons quitté il y a quelques jours, nous étions amis, non ?

— Qu'est-ce que tu crois ? Toi qui as l'air si heureux avec ta petite famille parfaite ? Que ta petite pierre bleue change les gens pour toujours ?

Médusé, Julien assistait à la conversation sans pouvoir sortir un seul mot. Il tenta cependant d'intervenir :

— M... M...

Mais le « Marc » qu'il voulait prononcer ne sortait pas ! Comme si son bégaiement, qui n'était pourtant plus qu'un lointain souvenir, réapparaissait soudainement !

Filbot se tourna vers lui, inquiet :

— Ça va Julien ?

— Je suis sidéré ! parvint-il enfin à articuler. Je ne comprends pas comment Marc a pu ainsi retourner sa veste et chercher à s'emparer des pierres bleues. Toutes sortes de questions me viennent en tête ! Comment nous a-t-il trouvés ?

Le bégaiement de Julien avait disparu ; ce n'était heureusement que le terrible choc qui avait altéré provisoirement son débit de paroles.

— Tu nous as suivis ? Explique-toi maintenant ! demanda Benjamin à l'homme qui se retrouvait une fois de plus assis sur le sol dans une position inconfortable.

Marc soupira, comme s'il savait que fatalement il ne s'en sortirait pas si facilement ! Bien qu'il donnât une version surprenante, les ambassadeurs n'étaient plus à cela près :

— Quand vous êtes partis l'autre jour, j'ai été interpellé par la police. Je suis connu à la frontière italienne. Vous le savez, je suis un délinquant. Je vole pour survivre. J'ai fait de la prison pour vols et violences, je suis surveillé. Lorsque vous m'avez mis le caillou bleu dans les mains et que je suis venu vous aider sur le parking du supermarché, toute la scène a été filmée par les caméras de surveillance du magasin. Le patron du supermarché est tellement habitué à mes frasques qu'il a été surpris. Peut-être pensait-il que je trafiquais de la drogue ? Il a alors appelé la police. Les flics m'ont cherché et trouvé ! Puis ils m'ont emmené au commissariat pour m'interroger.

Marc reprit son souffle, avant de poursuivre son récit :

— J'ai fait comme vous m'avez expliqué, j'ai essayé de leur parler avec gentillesse. Je leur ai dit que j'avais changé, que je voulais être bienveillant. Ils n'ont pas cru un traître mot de ce que je leur expliquais. Alors, j'ai sorti une petite pierre bleue et je l'ai mise dans la main d'un des policiers. Il est tombé assis sur sa chaise. Mais ça n'a pas fait rire le chef ! Il m'a accusé lui aussi de vendre de la drogue ! Je leur ai expliqué que le policier qui venait de prendre la pierre, c'était lui, sans les problèmes, les peurs et tout ce que vous m'avez enseigné ! J'ai fait exactement comme vous ! Mais suis-je crédible, moi, face à la police ? Ils ont appelé d'autres policiers ! Ça a fait tout un foin ! Des hommes sont venus dans de grosses voitures noires. Ils ont pris les pierres. Des hommes en costume ! Ça téléphonait dans tous les coins. Comme à la télévision, vous voyez ? ! Ils m'ont interrogé, encore et encore ! Je me suis dit alors que j'étais bon pour retourner en prison ! Et vous n'étiez plus là pour m'aider... Alors j'ai parlé, j'ai dit qu'il y avait un secret ! Et ça a encore téléphoné ! Il semblait que c'était la panique là-bas. Un autre monsieur en costume a tenu une pierre dans sa main ! Et

ça a recommencé ! Il a changé lui aussi !
C'était la panique, je vous assure !   À un
moment, ils étaient tous en train de discuter
et ne faisaient même plus attention à moi.
J'ai entendu un homme en costume qui disait
au téléphone : *Viktor ! C'est encore cette pierre
bleue, mais cette fois nous nous en sommes emparés !*

C'est fou, c'est vraiment fou tu sais ! Là, j'ai
vraiment eu peur. Le commissariat, je le
connais par cœur ! J'ai profité de ces
quelques secondes pour m'enfuir. Jamais je
ne retournerai en prison, vous m'entendez ?
Je suis allé sur votre site et j'ai vu que vous
arriviez à Bouin ! Je vous ai suivis !

Julien et Benjamin se regardèrent, incrédules,
soupirant tour à tour, se frottant le front
pour mieux réfléchir. L'histoire de Marc et
de son évasion semblait ne pas tenir debout.

— Pourquoi voulais-tu nous voler ?
Pourquoi avoir embauché Alexandre pour
nous voler les pierres ?

— Je suis un homme en
cavale maintenant. Je voulais fuir loin. J'ai
pensé qu'avec la pierre, j'aurais pu traverser

les pays plus facilement. Vous l'avez fait avec moi, vous m'avez rendu gentil, vous m'avez fait voir la gratitude. Je ne voulais pas vous faire de mal. Je voulais seulement les pierres.

— Tu es connu des services de police dis-tu ? Tu as un téléphone avec toi ?

— Oui. J'ai mon téléphone.

— Donne-le-moi !   As-tu   appelé quelqu'un sur la route ? Tu t'es servi de ton téléphone ? As-tu parlé à quelqu'un de notre site ? De nous ? l'interrogea Benjamin, inquiet pour lui et toute sa famille.

— Non ! Mais pourquoi toutes ces questions ?

— Parce   que   ta   position   est géolocalisable avec ton portable, et que d'ici peu, si toute ton histoire est vraie, les policiers seront là... à Bouin ; ceux qui suivent nos aventures sur le blog connaissent notre point de chute ! Ils feront évidemment le rapprochement avec l'histoire que tu leur as racontée, à propos de la pierre bleue ! Il est grand temps de retourner là-bas ; je crains le pire pour nos familles... nous n'avons pas une minute à perdre...

Ils tentèrent d'appeler les filles à Bouin, mais le réseau n'était pas assez puissant à cet endroit de l'île.

Marc était si agité et désagréable que l'inspecteur prit la précaution de le menotter avant de le faire monter dans la voiture de Sandrina. Ils quittèrent l'île de Noirmoutier sans se soucier des limitations de vitesse. Le retour était une urgence. Il fallut emprunter le pont, car le passage du Gois était submergé à cette heure, ce qui allongeait encore la distance à parcourir, d'autant que la nuit tombait sur la Vendée.

Durant le trajet, les questions hantaient les esprits. Qui étaient ces hommes en costume et en berline noire ? Et ce Viktor, que ces hommes avaient appelé au téléphone, qui était-il ? Pourquoi ces sous-entendus en parlant des pierres bleues ? Qui cherchait à s'en emparer et dans quels desseins ? Pourquoi Marc avait-il changé aussi rapidement de comportement, alors qu'il avait été au contact des pierres ? Avaient-elles perdu en partie leur pouvoir bénéfique ?

Décidément, quelque chose clochait, mais quoi ?

Beauvoir-sur-Mer… Encore quelques kilomètres pour rejoindre la maison de Sandrina… à qui il faudrait expliquer qu'un probable courrier, aux couleurs bleu-blanc-rouge, lui parviendrait assez rapidement, au vu du flash observé en bordure de route.

Chapitre 4

Les surprises de Bouin

Benjamin prit soin de garer le véhicule de Sandrina derrière le bosquet de tamaris qui jouxtait la maison. Ils descendirent et se faufilèrent silencieusement le long du mur de la remise… et virent avec effroi une grosse berline noire, de marque allemande, stationnée devant l'entrée.

Benjamin sortit son arme, tandis que Julien et Alexandre s'efforçaient de maîtriser Marc pour qu'il reste près d'eux.

A pas de loup, l'inspecteur s'approcha de la fenêtre entrouverte, les oreilles aux aguets, malgré les battements de son cœur. Aucun bruit n'émanait de la pièce et ça accentuait encore son inquiétude. Il allait enjamber la fenêtre quand, soudain, un rire sardonique

retentit au milieu de la nuit tombée ; un rire énorme, à vous glacer les sangs !
Filbot faillit en lâcher son Beretta et se retourna vers le « son », qui provenait de l'arrière ; là où les autres étaient censés attendre.

La lumière du jardin s'alluma alors brusquement, et Benjamin, incrédule, vit Julien et Alexandre complètement hébétés, le regard vide de toute expression, alors que Marc riait encore, d'une façon quasi-démoniaque, tandis qu'un homme en costume le délivrait de ses menottes.

Sortis de la maison, trois autres individus, le regard acéré, menaçaient déjà l'ex policier de leurs armes.

— Alors, Monsieur Filbot, vous avez réellement cru que vos petits cailloux auraient un impact sur moi ? Vous avez réellement cru à mon histoire ? La perspicacité aurait-elle abandonné votre esprit de flic ?

Marc sortit son téléphone de la poche de Benjamin, d'un air haineux autant que supérieur il appela Viktor, sans quitter son prisonnier des yeux.

— Viktor ? Ça y est, ils sont tombés dans le panneau ; les pierres sont à toi ! Ne t'inquiète pas, je tiens les autres en otage, il va me les donner, toutes… Que dois-je faire maintenant ?

Une voix enrouée, sortie du tréfonds du téléphone portable, se fit entendre :

— Les otages sont sous l'emprise des pierres maléfiques ; tu récupères les pierres bleues, toutes, sans en oublier une seule et tu me les apportes à notre repaire, dans le Bois de la Chaize. Sois prudent, ne te fais pas repérer, sinon, tu connais la sentence.

— Bien, Viktor…

— Où sont les femmes et les enfants ? Qu'en avez-vous fait ? Réponds-moi, espèce de salopard ! hurla Benjamin.

— Sois sans crainte, ils vont bien, tout comme tes deux autres amis. Je leur ai simplement donné les cailloux bleus, mais pas les vôtres ! ajouta-t-il en ricanant ! À moi les plaisirs de la vie et la volupté d'exiger ce que je voudrai de la basse population à ma botte !

— Mais enfin, Marc, ouvre les yeux, regarde ce que tu es devenu ! Tu es manipulé, mais tu n'en es pas conscient ! Ton Viktor se débarrassera de toi dès que tu ne lui serviras plus à rien ! Réfléchis, je t'en conjure ; touche les vraies pierres bleues, les nôtres, vite ! Celles-ci n'ont pas été manipulées par un gourou d'aucune sorte …

Chapitre 5

La souffrance de Benjamin

Le jour se levait sur Bouin. La fraîcheur de l'hiver se faisait ressentir. Les enfants avaient passé cette nuit toute particulière blottis contre leurs parents.

Adriana se leva avec difficulté. Son ventre arrondi rendait ses mouvements de plus en plus difficiles. Encore quelques semaines et le bébé serait là.

Cependant, ce matin, elle avait la tête lourde et du mal à rassembler ses idées, comme si elle avait fait la bringue la veille. Elle n'avait pourtant pas bu une seule goutte d'alcool depuis qu'elle était enceinte.

Julien dormait toujours paisiblement. Adriana décida donc de descendre préparer le petit-déjeuner.

Pendant qu'elle s'affairait dans la cuisine, elle jeta par hasard un regard sur le calendrier accroché au mur à côté du réfrigérateur.

On était le 8, demain il faudrait qu'elle aille faire sa dernière échographie avant l'accouchement. Sandrina lui avait pris rendez-vous chez son gynécologue car elle n'en avait aucun d'attitré compte tenu de la vie de nomades qu'ils menaient dernièrement.

Elle alluma la télé pour regarder les nouvelles pendant qu'elle mettait la table.

Quelle ne fut pas sa surprise lorsqu'on annonça la météo pour la journée du 9 janvier ! Mais on était le 8 ! Elle en était certaine. C'est bien aujourd'hui le 8 qu'Alexandre avait rendez-vous au café à Noirmoutier… mais au fait qu'allait-il y faire déjà ?

Inquiète, elle remonta dans la chambre et sortit un petit livret de son sac à dos, puis redescendit dans la salle à manger. La dernière inscription dans son journal intime datait du 7 janvier et elle y avait écrit que Julien accompagnerait Benjamin et

Alexandre au rendez-vous à Noirmoutier le lendemain.

Quelque chose clochait. Elle ouvrit son portable qui affichait également la date du 9 janvier dans son calendrier de rendez-vous. C'était donc bien cet après-midi qu'elle avait rendez-vous chez le gynécologue !

Entre-temps, Sandrina s'était levée elle aussi. Adriana la vit apparaître sur le pas de la porte, les cheveux en bataille et l'air hébété. Elle semblait particulièrement agacée par la présence de toute cette tribu. Djoe se jeta dans ses bras et, comme par magie, cela suffit à lui rendre le sourire.

— Bonjour Sandrina, dis, tu sais quel jour on est aujourd'hui ? Questionna-t-elle sans même lui demander si elle avait bien dormi.

— Euhh, je ne sais pas… le 8 je crois, pourquoi cette question Adriana ? répondit-elle en retenant un bâillement.

— Eh bien, parce que d'après la télé et mon portable il paraît que nous sommes le

9 ! Or, je n'ai aucun souvenir de la journée du 8 !

À ce moment des pas approchèrent et Benjamin fit son apparition avec Laurence ; tous les deux en robe de chambre et visiblement mal réveillés.

Adriana leur posa la même question et tous affirmèrent qu'on était le 8 ! Mais alors que s'était-il passé ? Pourquoi aucun d'eux ne semblait se souvenir de cette journée ?

Julien apparut et sembla aussi étonné que les autres que ce soit le 9 et non le 8 janvier.
Et où était passé Alexandre ? Aucune trace de lui dans toute la maison ! Non quelque chose clochait, c'était une certitude !

Finalement ils s'attablèrent tous pour prendre leur petit-déjeuner, silencieux, soucieux, échangeant des regards à tour de rôle, l'air inquiet. Aucun d'eux n'avait le moindre souvenir de la journée de la veille, le jour où ils auraient dû accompagner Alexandre au rendez-vous à Noirmoutier. Il était certain qu'il avait dû se passer quelque chose.

Laurence tenta de questionner les enfants en leur demandant s'ils se souvenaient de ce qu'ils avaient fait « hier » ! Inguie prit un air malicieux et répondit à sa maman :

— Vous avez bien dormi, alors on vous a fait plein de câlins, après on a joué dans la chambre et on a mangé les pâtes, c'était froid mais on a bien rigolé avec Djoe !

Julien consulta sa tablette tactile pour vérifier sa messagerie ; rien, aucun message datant du 8 ! Il essaya de se connecter à son Blog et constata avec étonnement qu'il n'existait plus.

— Ce n'est pas possible, s'exclama-t-il ! Mon blog n'a pas pu se volatiliser comme ça !

Tous retenaient leur souffle et faisaient des yeux ronds d'étonnement. Alors Benjamin se leva précipitamment pour foncer à l'étage.
Il revint deux minutes plus tard, le visage défait.

— Aucune trace des pierres bleues nulle part ! Et Alexandre a disparu lui aussi ! Nous avons dû être drogués hier !

Atterrés, ils restèrent silencieux un moment, puis Laurence intervint :

— Benjamin, j'avais laissé un petit sac avec des pierres dans le camping-car, peut-être y sont-elles encore ?

— Je vais aller vérifier. Restez là ; ne bougez surtout pas ! Il se peut que nous soyons surveillés !

Benjamin, s'éclipsa par la porte arrière de la maison en surveillant les alentours. Tout semblait calme dans la rue. Julien le suivit des yeux de derrière la fenêtre du salon.
Alors que Benjamin avançait vers le camping-car en longeant le mur, le voisin sortit de son garage et lui jeta un coup d'œil étonné. Il se passait des choses bizarres ces temps-ci chez la voisine, se dit-il, hier des hommes tout habillés de noir ne lui avaient pas inspiré confiance, le camping-car cambriolé et cet invité qui longeait les murs, ça commençait à bien faire !

Il jeta un regard suspicieux vers Benjamin et s'éloigna au volant de sa voiture.

Benjamin ouvrit la porte du camping-car. Tout était calme et à l'intérieur rien ne semblait avoir été fouillé.

Il ouvrit le tiroir où devaient se trouver les pierres bleues et effectivement le petit baluchon y était bien !

Il l'ouvrit, renversa son contenu dans le creux de sa main et soudain une expression mauvaise se dessina sur son visage, une grimace déforma sa bouche et son regard devint hagard, haineux.

Benjamin Filbot retourna à l'intérieur de la maison, s'attabla à nouveau et se servit une tasse de café. Chacun le regardait, attentif à la moindre révélation mais il n'en dit rien ! Il resta installé, dos voûté, la tête plongée dans sa tasse.

— Alors ? demanda Julien, les pierres sont toujours là ?

— Tu n'as qu'à aller voir toi-même !
rétorqua froidement Benjamin.

Benjamin ne s'était jamais adressé ainsi à son ami. Ou peut-être dans de lointains souvenirs, lorsque Benjamin travaillait sur l'enquête des disparus du Portel, trois ans plus tôt, bien avant qu'il ne découvre les pouvoirs de la pierre bleue qui permettaient de faire émerger le meilleur de soi. Et là, à l'évidence, ce n'était pas le meilleur côté de l'inspecteur qui transparaissait.
Inquiète, Laurence, qui portait Inguie dans ses bras, se dirigea vers son amoureux. La petite tenta, bras tendus, d'atteindre son Papa. Il échappa à son tendre geste d'un mouvement brusque comme s'il tentait de se déboîter l'épaule.

Sandrina qui observait la scène l'air très inquiet interrogea le groupe sans plus de ménagement :

— Que traficotez-vous avec cette pierre ? Quel est votre but ? Depuis que vous êtes arrivés il se passe des choses étranges voire inquiétantes ; dites-moi ce que vous faites exactement !

Adriana s'approcha d'elle et tenta de lui expliquer :

— Je comprends ta réaction Sandrina ! Mais vois-tu, je pense que quelque chose nous échappe à nous aussi. Au départ, la pierre est censée te montrer comment tu peux vivre, sans peur, sans fardeau, sans haine, juste avec cet immense amour qui est en toi, rien de plus ; une fois que tu as vu, tu as le choix, tu n'as pas de dépendance mais simplement un choix de vie. Jusqu'à présent, les personnes qui ont pu se rendre compte de cela ont fait le choix de vivre dans l'amour. C'est tout ! Là, nous ne comprenons pas ; depuis que nous avons fait la connaissance de Marc, tout a changé et en effet, il se passe des choses très étranges.

— Sommes-nous en danger maintenant ? Avez-vous pensé aux enfants ? insista encore Sandrina.

Durant ce temps, Filbot continuait à boire du café, sans se préoccuper davantage de ce qui se passait autour de lui, levant simplement la tête à deux reprises, en montrant un agacement certain face à l'agitation des enfants qui découvraient de nouveaux jouets.

Julien décida d'aller se rendre compte lui-même du mystère qui se cachait à l'intérieur du camping-car. Adriana et Laurence s'opposèrent fermement à cette idée tandis que l'inspecteur éclata de rire et se moqua ouvertement de Julien devant tout le monde, sans même se soucier de la présence des enfants :

— Ah ! Ah ! Que voulez-vous qu'il lui arrive ? Ce grand dadais pourrait bien dire merci à un imbécile qui lui botte le cul !

— Benjamin ! Tu n'as pas honte ? s'exclama Laurence.

Sandrina, outrée, emmena les enfants à l'étage, prétextant d'autres cadeaux à déballer. Le regard qu'elle jeta à l'endroit de Benjamin en disait long sur la colère qu'elle éprouvait face à ce comportement inacceptable, de surcroît devant les petits.

Adriana se faisait davantage de soucis pour sa sœur que pour son amoureux quant à la remarque désagréable que venait de faire Filbot. Elle connaissait Julien parfaitement et sa gentillesse était loin d'être de la stupidité. Elle trouva naturellement des excuses à Benjamin et s'inquiéta davantage des raisons véritables de ce comportement étrange. Certes, Benjamin avait déjà fait preuve d'impatience dans le passé mais jamais il n'avait montré la moindre méchanceté gratuite comme celle dont elle venait d'être témoin. Pour l'heure, il fallait plutôt se préoccuper de cela et tout le monde semblait d'accord. Il fallait juste trouver le moyen de préserver les enfants et convaincre Sandrina que tout ceci n'était pas naturel et que l'inspecteur était, au fond une très belle personne, dotée d'un courage exceptionnel. L'urgence était de faire revenir Benjamin à son état normal et sans en connaître la cause, il allait être difficile de remédier à son mal d'autant que, mis à part le petit sachet de pierres bleues conservé dans le camping-car, il n'en restait plus aucune.

Julien décida coûte que coûte de se rendre au camping-car. Il était peut-être trop gentil, il n'en était pas moins courageux.

Lorsqu'il trouva les petits cailloux étalés sur le sol, il comprit que Benjamin avait dû les avoir en mains et que ceux-ci étaient sans aucun doute corrompus. Il extirpa la balayette de la petite armoire et, en prenant la précaution de ne pas les toucher, rangea les pierres dans leur sachet puis les enferma à clef dans le petit coffre qu'il prit soin d'emmener et de cacher pour le soustraire à toute possibilité d'accès.

Des cris venant de la maison de Sandrina lui parvinrent. Malgré une tonalité inhabituelle, Julien reconnut la voix de Benjamin et il accourut aussitôt.

Laurence se blottit dans les bras d'Adriana tandis que Benjamin montait les escaliers quatre à quatre avant de claquer la porte de sa chambre.

— Que se passe-t-il ici ? questionna Julien

— Il vient de la bousculer sans ménagement ! C'est grave ! assura Adriana. Jamais je ne l'ai vu comme ça !

Julien fit part de ce qu'il avait découvert dans le camping-car et ajouta que selon lui, seules les pierres bleues pourraient le faire revenir à son état normal. Seulement, ils n'en possédaient plus une seule !

Filbot réapparut presque immédiatement en haut des escaliers, son sac de voyage à la main. Il dévala les marches, le visage fermé, pour ne pas dire méchant.

Laurence le supplia :

— Je t'en supplie Benjamin ! Ne t'en vas pas ! Ce n'est pas toi ! Je le sais ! Nous le savons tous !

Tandis qu'il poursuivait son chemin vers la porte d'entrée sans prêter attention à sa femme, Adriana glissa sa main dans sa robe de chambre et en sortit quelques petites poussières de pierre bleue. Elle avait utilisé la dernière pierre avec Alexandre, le soir où Benjamin l'avait surpris en train de tenter de substituer les cailloux dans le camping-car. C'était bien peu, mais à ses risques et périls elle agrippa la main de Benjamin et frotta la poussière sur sa paume avant de faire un grand pas en arrière devant les regards surpris de Laurence et Julien. Filbot marqua un temps d'arrêt. Puis, il se retourna vers l'assemblée :

— Je suis dangereux, je vous fais prendre de trop grands risques. Les pierres sont corrompues. Allez en chercher d'autres, retournez sur le Fort. Merci Adriana, ce n'est pas suffisant pour que je reste. Je sens comme un monstre en moi ! Je sens le mal autour de moi. Je peux à peine me maîtriser, et jusqu'à quand ? Nous ne savons rien de ce que ce produit peut nous faire.

Puis, sentant comme une irrépressible envie de faire le mal, comme s'il combattait de l'intérieur :

— N'y touchez surtout pas ! Partez ! Partez d'ici et emmenez tout le monde avec vous. Julien, je compte sur toi mon ami, finit-il sa phrase avec un regard implorant adressé à son ami.

Laurence eut beau le supplier, Benjamin disparut en courant, seul dans les rues de Bouin.

Sans réfléchir un instant, Julien attrapa son PC portable et chercha sur le site du Portel un endroit où y emmener tout le monde et récupérer les pierres bleues. Il n'était pas question d'occuper l'appartement d'Ingrid, c'était trop dangereux. Il n'était pas prévu de s'y rendre en cette période particulière pour l'arrivée des bébés mais il savait comment contacter Ingrid et Georges en arrivant sur le Fort. Mais tout semblait jouer contre eux et un article en pleine première page du site chamboula tous les plans :

— Oh mon Dieu ! Venez voir ça !

« Le Fort de l'Heurt n'a pas résisté à la dernière tempête ! Après l'éboulement de toute sa partie ouest, il a été décidé d'en interdire tout accès. L'ensemble des issues a été bouché afin d'éviter tout accident. À la suite de différentes tentatives d'intrusion et un intérêt inexpliqué pour le Fort, malgré les risques et les interdictions, un périmètre de sécurité a dû être mis en place. L'accès à la plage est interdit jusqu'à nouvel ordre. »

— Comment est-ce possible ? Qu'allons-nous pouvoir faire ?

Il fallait impérativement trouver des pierres bleues, et rapidement, pour rendre à Benjamin toute sa lucidité perdue, et ensuite aviser. Mais comment faire ?
Impossible de se rendre sur la plage du Fort du Portel, à cause du périmètre de sécurité mis en place ; et l'état d'Adriana, très choquée par la situation, devenait alarmant. Risquer un long trajet s'avérait inopportun, d'autant plus qu'il n'existait aucune certitude de pouvoir accéder au Fort.

Alors que chacun s'interrogeait, Inguie apparut en haut de l'escalier ; la petite fille paraissait soudain plus âgée et infiniment sereine, un sourire énigmatique se dessinait sur son visage d'ange. De la voir ainsi métamorphosée, lumineuse, grande malgré sa taille de fillette, tous se turent. Sa présence imposait le silence et il leur était impossible de détourner leur regard de cette frêle silhouette si sûre d'elle ; alors d'une voix un peu étrange, mais extrêmement calme, elle s'adressa à Laurence, sa maman :

— Maman, s'il te plaît, allons sur la plage de l'Herbaudière. La réponse à vos questions se trouve sur le sable !

D'où cette fillette de trois ans tenait-elle cette façon de s'exprimer ? Comment connaissait-elle l'Herbaudière, ce petit port situé à la pointe nord de l'île de Noirmoutier ? Aucun d'entre eux, hormis Sandrina bien sûr, n'en avait jamais entendu parler !

Malgré la singularité de cette suggestion, Julien, Adriana et Laurence, qui avaient vécu tant de situations étranges au cours de ces dernières années ne s'interrogèrent pas plus longtemps ; ils décidèrent à l'unisson de se rendre sur la plage en question. Sandrina préféra rester à la maison, au cas où Benjamin rentrerait et elle leur prêta une nouvelle fois sa voiture.

En route, Inguie retrouva son insouciance et sa voix d'enfant. Elle s'amusait tout naturellement avec Djoe, tandis que les trois adultes s'interrogeaient sur ce qui pouvait les attendre là-bas.

Ils tentaient de démêler le fil enchevêtré des événements survenus ces derniers jours et de trouver des explications. Pourquoi les pierres étaient-elles corrompues, par qui ou quoi ? Pourquoi quelqu'un avait-il jeté un sort ou envoûté ces précieux petits cailloux ?

Leur esprit essayait de raisonner, de se souvenir des gens qu'ils avaient croisés, des paroles qui avaient pu être prononcées ici ou là, des hallucinations communes dont ils avaient été victimes. Que de questions, et si peu de réponses !

Une fois le pont de l'île franchi, il leur fallait encore rouler une bonne vingtaine de kilomètres pour arriver au port de l'Herbaudière. En écoutant la petiote fredonner « Frère Zacques » pour son petit Djoe, ils ne savaient plus vraiment s'ils avaient eu raison de suivre ses indications si mystérieuses. Peut-être n'était-ce, là encore, qu'une hallucination collective ?

Le soleil déclinant ajoutait une note magique aux couleurs des maisons de l'île. C'était splendide ! Ils passèrent devant l'Île aux Papillons, et aussi pour détendre un peu l'atmosphère vis-à-vis des enfants, promirent d'y revenir avec eux, si jamais l'occasion leur était offerte durant leur drôle de séjour en terre vendéenne…

Enfin, le panneau L'Herbaudière ! Ils débouchèrent sur une succession de maisons de bourg, joliment égayées par des décorations marines tout au long de la rue. Arrivés au Port, ils observèrent les bateaux de pêche qui patientaient en attendant la prochaine marée ; les autres bateaux dandinaient leurs coques munies de leur pare battage le long des pontons. Des images idylliques qui dissipèrent un instant leurs noires pensées.

Ils suivirent la direction que leur indiquait le panneau 'plage', se dirigèrent vers la gauche du port où quelques promeneurs se baladaient.
Après avoir garé la voiture, la petite troupe se dirigea rapidement vers la plage. C'était très agréable, et s'ils n'avaient pas eu en tête cette délicate situation à gérer, ils auraient apprécié une longue promenade. Les petits couraient déjà à la recherche de coquillages

ou autres petits trésors déposés sur la grève par la mer qui s'éloignait vers l'autre rivage.

Alors qu'ils regardaient autour d'eux, à la recherche d'un quelconque indice, la petite Inguie se figea soudain avec le même sourire énigmatique que celui qu'elle avait eu à la maison.
D'un geste lent de la main, elle leur désigna une petite île située en face ; il s'agissait de l'île du Pilier. Elle traça dans l'espace un demi-cercle virtuel autour de l'image de l'île et tout à coup les visages d'Ingrid, la sœur de Laurence et de Georges son amoureux, apparurent, leurs traits souriants et bienveillants flottant sur les contours de la petite île !

Laurence, Adriana et Julien étaient en joie et rassurés ! Quel bonheur de les revoir le visage rayonnant d'amour et de bonté !

— Bienvenue les amis, dit Ingrid d'une voix réconfortante. Bonjour ma sœur ! Quelle joie de vous revoir, et comme vous avez eu raison de savoir écouter la voix de l'enfant. Nous savons que Benjamin a besoin des pierres bleues très rapidement. Soyez rassurés, nous serons toujours près de vous lorsque vous en aurez besoin. Nos pierres bleues auront pour vous l'odeur inimitable de tous les océans de bienveillance réunis.

— Mais, comment les reconnaître et éloigner les gens des mauvaises pierres ? Comment sont-elles corrompues ? demanda Julien.

— Humez-les, continua Ingrid, leur odeur est celle de la mer, du grand large, de l'iode. L'odeur de la vie. Les pierres corrompues changent et l'odeur qu'elles dégagent est nauséabonde. La petite Ingrid saura aussi les reconnaître, elle est l'innocence et la porte qui permettra de nous contacter mutuellement. Elle a ce don inné. Nous avons pu vous voir depuis le Fort de l'Heurt et pour vous venir en aide, nous avons sollicité Mathilda. Nous avons été entendus ! Grâce à la puissance de vos bonnes intentions nous avons pu vous retrouver ici. L'éboulement d'une partie du Fort n'a pas d'incidence pour nous, ce n'est qu'une passerelle, nous vivons en paix. Hâtez-vous de ramasser les pierres !

Sur ce, Ingrid et Georges leur firent un signe de la main et, le halo s'estompant, commençaient déjà à disparaître de leur vue. Mais Laurence les retint et insista pour savoir ce qu'il en était des révélations concernant la petite Inguie. À quoi devait-elle s'attendre ? Sa fille était-elle en danger ? Sa fille serait-elle dorénavant exposée, à cause des dons qu'elle possédait ?

Ingrid, la rassura :

— Pardonne-moi ma sœur, de ne pas t'en avoir parlé plus tôt ! J'étais tenue au secret concernant les dons de ma nièce. Aujourd'hui qu'ils te sont dévoilés, je peux simplement te dire que ta petite Ingrid sera amenée à participer aux changements qui vont se produire sur cette terre. Elle aura besoin des dons qu'elle possède mais n'en est pas moins humaine. Tu devais l'élever normalement. Si tu avais su, tu lui aurais sans doute donné une éducation différente, bien malgré toi, je le sais. Tu ne dois pas t'en inquiéter, ta fille saura t'expliquer le moment venu. Elle n'en est aucunement perturbée. Ne te fais aucun souci pour cela et continuez à vivre normalement. Nous ne pouvons malheureusement pas vous aider davantage et nous manquons d'énergie pour ce voyage épuisant ! Il faut que nous regagnions le Fort rapidement.

Ingrid chercha à en savoir plus mais la fenêtre virtuelle se referma sur les baisers que leur envoyaient Ingrid et Georges.

L'équipe remit à plus tard ses craintes et réflexions et sans plus tarder ils ramassèrent les pierres bleues apparues sur le sable. Il leur fallait maintenant retrouver Benjamin. Laurence essaya d'interroger sa fille mais la petite regarda sa mère avec des yeux tout ronds, l'air surpris ! Laurence insista et la petite Inguie se mit à pleurer.
Adriana, devant cet interrogatoire, interpella Laurence :

— Je pense que je viens de comprendre ce que voulais dire ta sœur quand elle disait que si tu avais su, tu aurais agi différemment.

Laurence eut une révélation. Jamais plus elle ne questionnerait sa fille et ne prendrait le risque de la perturber. Les choses viendraient le moment venu. Elle s'en voulait déjà d'avoir cherché à utiliser les dons de sa fille.

Après avoir longuement sillonné les routes à la recherche de Benjamin, en vain, il était temps de rentrer. La nuit fut courte et le réveil difficile ! Aucune nouvelle de l'inspecteur. Laurence se faisait un sang d'encre mais elle n'était pas au bout de ses peines, les contractions étaient là ! Sandrina géra les petits tandis que Julien et Adriana conduisirent rapidement Laurence à l'hôpital.

Après une brève visite auprès de la sage-femme, il n'y eut plus aucun doute sur l'arrivée imminente du bébé. Mais toujours pas de Benjamin à l'horizon....

Chapitre 6

Le retour de Benjamin

Benjamin était en sueur, vautré sur le lit d'une chambre d'hôtel miteuse. Sa conscience, dans un état de bouleversement inquiétant, livrait un combat entre son attirance impérieuse vers le mal et son désir irrésistible de revoir sa femme et sa fille.

Il n'était pas parti bien loin, juste assez pour être sûr de ne pas nuire à sa famille et à ses amis. Depuis qu'il était allongé là son esprit captait la présence du mal. Quelqu'un semblait essayer de s'immiscer dans son esprit et il luttait de toutes ses forces pour garder un minimum de conscience.

Il se réveilla en sursaut. Tout son corps vibrait et un son assourdissant l'enveloppait. La panique s'empara de lui. Il sauta hors du lit, incapable de se diriger dans la pénombre de la pièce. Une sensation bizarre de légèreté et le soudain silence absolu l'interloquèrent.

Bien que désorienté, malgré tout ce qu'il avait déjà vécu, son esprit très terre à terre résistait et refusait de croire en la réalité de la situation. Il perçut soudain une présence à côté de lui. Il se concentra sur la sensation et vit apparaître une petite silhouette fluette. La chair de poule se diffusa sur tout son corps et l'incompréhension totale se reflétait sur son visage ahuri. Inguie, sa petite fille, se tenait à côté de lui et lui faisait un grand sourire.

Elle lui prit gentiment la main et dans un tourbillon il se retrouva comme un hologramme dans la chambre d'hôpital à côté du lit de Laurence qui gémissait tenaillée de douleur au rythme de ses contractions. Inguie, lui désigna ensuite un petit baluchon sur la table de nuit et lui montra des pierres bleues avec un grand sourire.

À ce moment il fut pris d'un vertige et il se réveilla en sursaut dans son lit d'hôtel, transi de froid et tremblant.

Tout d'abord il pensa qu'il avait rêvé, mais la scène avait été tellement réelle et si fortement ancrée en lui que son instinct l'inclinait à penser qu'il n'avait pas rêvé.

Puis il réalisa que son esprit était moins embrumé. Les effets de la pierre maléfique semblaient s'être atténués, sans doute à cause de la poussière de pierre bleue qu'Adriana lui avait glissée dans la main. Il devait agir vite et retourner à Bouin le plus rapidement possible. Si ce qu'il avait vu cette nuit était vrai, ses amis avaient réussi à trouver des pierres bleues quelque part et Laurence allait donner naissance à leur enfant.

Il sauta hors du lit et s'apprêtait à quitter la chambre quand le crissement des pneus d'une voiture et le claquement de portières juste sous sa fenêtre attirèrent son attention.

Il faisait encore nuit, un regard sur sa montre lui apprit qu'il était cinq heures du matin. Il jeta un coup d'œil dans la rue de derrière les rideaux miteux et reconnut immédiatement la berline noire. Deux hommes se dirigeaient vers l'entrée de l'hôtel. Il lui sembla reconnaître la silhouette de Marc.

Benjamin retrouva ses réflexes de flic, attrapa son sac à dos et sortit à pas de loup de la chambre.

***

Quelques kilomètres plus loin, au château, un certain Viktor faisait les cent pas. Il pestait ; il devait à tout prix surveiller Filbot, c'était la tête pensante de l'équipe des pierres bleues, le seul qui était réellement capable de leur tenir tête et il fallait le tenir éloigné s'il voulait que son équipe le mène aux cailloux.

Alors que Marc n'était qu'un pantin manipulé, payé de quelques flatteries et de belles promesses, l'infâme personnage qu'était ce Viktor était à la tête de toute cette machination. Un rictus immonde de l'odieux personnage se figea sur son faciès aux yeux noirs et à la longue barbe qui lui donnaient un air de Raspoutine.

— Nous réussirons à nous emparer de toutes les pierres bleues et à les ramener au Château de Noirmoutier. Ce n'est qu'une question de temps ! dit-il tout haut, bien qu'il fut seul dans la pièce.

Visiblement imbu de sa personne, les yeux emplis de haine, il laissa échapper un rire sarcastique révélateur de ses desseins maléfiques.

Pendant ce temps, Benjamin Filbot filait en direction de l'hôpital. Il n'avait pas encore connaissance des pouvoirs extraordinaires de sa fille et ne comprenait pas comment il pouvait être aussi sûr d'y trouver des pierres bleues.

Sur place, il se dirigea sans hésitation vers la chambre qui avait été assignée à Laurence. Elle était vide, Laurence devait être en train d'accoucher. Le petit baluchon se trouvait bien à l'emplacement indiqué par Inguie. Il en extirpa une pierre bleue et la magie opéra immédiatement. Benjamin ressentit la légèreté du bonheur qui circulait dans ses veines. Il aspira à pleins poumons et se sentit merveilleusement bien.
Il ne fit ni une ni deux, sortit de la chambre et interpella l'infirmière dans le couloir :

— Je suis Benjamin Filbot, ma femme est en train d'accoucher !

— Ah ? hé bien ce n'est pas trop tôt ! Tout l'hôpital vous attend. Votre femme vous réclame depuis des heures ! s'exclamat-elle en souriant.

Dans le couloir, les deux familles étaient réunies. Seule Sandrina, arrivée depuis peu, eut un geste de recul envers Benjamin. Il la rassura d'une douce étreinte et quelques mots :

— Ne t'inquiète pas, Sandrina ! Tout va bien, désormais ! Ce n'était pas moi, j'ai été drogué.

Benjamin sourit en ouvrant la porte ! Enfin ! Il aperçut Laurence ! Épuisée, elle affichait néanmoins un large sourire de soulagement en voyant arriver vers elle l'homme de sa vie ! Son grand amour ! Les amoureux pouvaient maintenant unir leurs forces pour accompagner la naissance d'une merveilleuse petite fille. Quelques heures plus tard, une petite Mathilde naquit en l'honneur et à la mémoire de Mathilda Dumont. L'accouchement avait été long et terriblement éprouvant pour Laurence mais le bonheur était à son comble.

Tel un pot de colle, l'heureux papa suivait le personnel hospitalier qui donnait les premiers soins au bébé.

— Elle est parfaite n'est-ce pas ? Elle est parfaite ? Ne cessait de répéter Benjamin.

— Oui monsieur Filbot ! Elle est parfaite ! lui répondait-on d'un ton amusé.

Rassuré, Benjamin embrassa tendrement son amour qui allait enfin pouvoir se reposer et sortit prévenir les autres. Il arpenta les couloirs mais ne trouva personne. Une terrible sensation l'envahit. Pris de panique, il interpella vivement l'employée qui se trouvait dans le secrétariat du couloir de la maternité, lorsqu'il aperçut Sandrina et les enfants un peu plus loin. Il s'empressa de les rejoindre et serra très fort les petits.

— Où sont Adriana et Julien ? demanda-t-il à Sandrina

— Avec toutes ces émotions, Adriana va avoir son bébé avec 3 semaines d'avance !

Elle a eu de grosses contractions pendant que vous étiez en salle d'accouchement ! répondit-elle, visiblement dépassée et épuisée par les événements.

Au même moment, Julien arriva, tout sourire.

    — J'ai une petite Marie ! Elle est merveilleuse, s'exclama-il en pressant le pas vers ses amis. Elle est superbe, dit-il en riant, serrant son ami dans ses bras, heureux de le retrouver comme avant... Avant les pierres corrompues. !

Chapitre 7

L'Heurt et son cocon

Laurence et Adriana partageaient la même chambre à la maternité. Leurs petites filles étaient absolument sublimes et surtout, elles étaient en bonne santé.

Sandrina ne pouvait pas rentrer chez elle. C'était maintenant devenu trop risqué. Elle avait trouvé refuge dans une petite résidence à proximité de l'hôpital avec le reste de l'équipe. Il leur fallait trouver rapidement une solution d'hébergement plus sûre ; le temps de trouver qui tirait les ficelles de la machination qui tentait de mettre en péril le travail de trois années à construire un monde d'amour. Pire, il était peut-être question d'inverser complètement le processus et de conduire le monde au chaos. Quelle terrible perspective !

Alors que tout le monde dormait, Inguie sortit l'ensemble du groupe du sommeil dans lequel il se trouvait. Elle semblait faire un terrible cauchemar et supplia son père d'aller « sauver les bébés ». Benjamin tenta de la rassurer mais Inguie insista :

— Papa, vite, vite ! Ils vont enlever ma petite sœur ! Tante Ingrid dit que nous devons tous la rejoindre pour être en sécurité ! Papa, écoute-moi !

Entendant les propos de la petite, Julien se remémora la scène où Inguie était apparue en haut de l'escalier, demandant à sa mère de se rendre sur la plage de l'Herbaudière afin d'y retrouver Georges et Ingrid. Le sang des papas ne fit qu'un tour et ils se rendirent sans attendre en pleine nuit à l'hôpital.

Sur place, tout était calme. Doutant un instant des révélations d'Inguie, l'ombre d'un duo de jeunes tentant de s'approcher de la chambre de Laurence et Adriana les interpella. Surpris de voir Benjamin et Julien faire le guet, les deux hommes prirent la fuite. Inguie avait donc bel et bien reçu une information. Il fallait faire sortir Laurence, Adriana et les bébés au plus vite de cet endroit trop vulnérable pour assurer leur sécurité.

***

Benjamin et Julien ne savaient plus à quels saints se vouer pour protéger leurs familles. Dès le lendemain matin, ils réunirent tout le monde. Mamans et nouveau-nés furent exfiltrés discrètement et sortirent prématurément de l'hôpital et Inguie indiqua une nouvelle fois la plage de l'Herbaudière comme point de rencontre avec Ingrid et Georges. Ils se rendirent tous sur place dans la journée. Sur la plage, dans une atmosphère surréaliste et enveloppés par un épais brouillard qui rendait tout le monde invisible à la vue des badauds, Ingrid et Georges, le visage grave, leur faisaient face. Ils leur expliquèrent rapidement qu'ils devaient absolument emmener les enfants avec eux dans la zone protégée de l'antre du Fort de l'Heurt.

— Laurence, Adriana, vous devez nous confier les enfants. Ils courent un grave danger. Les enfants sont l'avenir du monde. Mais les vôtres sont devenus les cibles d'une terrible machination ! Pour le moment, il vous faut combattre le mal pour avoir une chance de faire naître ce monde meilleur. Trouvez ce que cache cette machination ! Votre tâche sera rude. Il y a urgence ! Tout est prêt pour accueillir vos petits dans l'antre du Fort et nous veillerons sur eux jusqu'à votre retour. Nous avons les moyens de vous contacter, ne vous inquiétez pas, nous prendrons soins des enfants et ils seront en sécurité avec nous ! Les forces du mal mènent une guerre contre vous et les enfants n'ont pas leur place dans ce combat. Soyez vigilants !

Laurence et Adriana tentèrent de résister et de s'opposer à cette idée de laisser leurs enfants, malgré toute la confiance qu'elles éprouvaient pour Georges et Ingrid. Elles ne pouvaient concevoir de les quitter. Benjamin et Julien, quant à eux, les regardaient tendrement, le cœur brisé par cette séparation, mais ne s'y opposèrent pas, conscients de l'impossibilité de s'occuper des enfants dans les circonstances actuelles.

Ingrid balança alors son bras en demi-cercle et une fenêtre virtuelle s'ouvrit sur une scène d'apocalypse. Des maisons embrasées, d'où sortaient des fumées noires qui cachaient le soleil, des enfants qui pleuraient, perdus au milieu de pilleurs et de cendres, seuls à la recherche de leurs parents.

— Que nous montres-tu là ? demanda Adriana horrifiée.

— C'est ce qui attend notre monde si vous ne faites rien ! répondit Ingrid. Leur pierre ne peut être fabriquée qu'à partir de la nôtre et c'est pour cela que vous devez être vigilants ! C'est à vous de trouver ce que contient la pierre maléfique et de faire en sorte de le détruire. Nous ne pouvons pas vous aider davantage, le seul pouvoir que nous ayons obtenu est de nous déplacer pour venir vous voir, mais cela nous coûte en énergie, nous ne sommes que des humains. Alors, s'il y a vraiment urgence, prenez en compte qu'il nous faut au moins une semaine avant de faire un nouveau voyage vers vous. Nous ne pourrons plus vous ouvrir l'antre du Fort pour le moment. Nous vous apporterons les pierres, et viendrons avec les enfants chaque fois que ce sera possible. Ils garderont le lien, ne vous inquiétez pas, ils vous verront comme nous vous voyons ! Parlez-leur dès que vous le souhaitez et nous leur ouvrirons une fenêtre. Soyez très prudents et veillez sur nos pierres, elles ne doivent pas tomber entre les mains du mal.

Ingrid et Georges déposèrent deux sacs de pierres bleues sur le sable avant de repartir, alourdis des quatre petits dont les rires allaient dorénavant résonner dans le décor paradisiaque de l'antre du Fort de l'Heurt.

Chapitre 8

Sandrina sous influence

À la surprise générale, Sandrina n'était plus à la résidence face à l'hôpital ; là où il était convenu d'attendre le retour de la troupe. Adriana, inquiète, appela aussitôt sa sœur sur son portable... sans succès ! Elle essaya alors de l'appeler chez elle et Sandrina répondit :

— Vous en avez mis du temps ! Je vous attends à la maison ! Je ne vais pas passer mon temps entre deux chambres d'hôtel, j'ai une maison et ma vie y était bien plus sereine avant votre arrivée !

Froide et détachée, Sandrina raccrocha, sans ménager sa sœur. Adriana, encore sous le coup de la séparation, fut secouée par ce comportement inopportun.

Malgré les craintes d'y être surpris par Marc et sa clique, le groupe reprit donc la route vers la maison de Sandrina. En chemin, ils prirent soin de trouver une cachette sûre pour les pierres, sans oublier d'en garder chacun une poignée sur eux.

Sandrina était assise sur le canapé du salon. À ses côtés se tenait un homme à la barbe hirsute tout sourire, la main sur le genou de la jeune femme sous les regards embarrassés d'Adriana et Laurence. Julien et Benjamin, quant à eux, scrutaient les alentours avec vigilance.

— Adriana, je te présente mon amoureux. Je suis désolée mais vous ne pouvez pas rester plus longtemps ici. J'ai fait preuve d'hospitalité et tout ce que vous m'apportez, ce sont des ennuis ! annonça Sandrina sous le regard médusé de sa sœur.

— Ton amoureux ? Mais Sandrina... mais... depuis quand ? Pourquoi ne m'as-tu rien dit avant ? s'inquiéta Adriana.

— Je n'ai pas à te rendre de comptes ! C'est ma vie non ? De toute façon, quand aurais-je pu t'en parler ? Depuis que vous êtes là, il n'y a que des problèmes, et j'ai peur ! Voilà, tu sais tout ! Maintenant, partez !

Sans même prendre la peine de saluer les hôtes de Sandrina, le « petit ami » se leva et demanda si tout le monde avait bien compris qu'il était temps de partir afin de les laisser tranquilles. Il rajouta qu'elle lui avait fait part de toutes les péripéties vécues depuis qu'ils étaient arrivés et qu'il souhaitait retrouver la paix avec Sandrina !

Adriana avança d'un pas vers sa sœur et l'homme s'interposa en insistant :

— Vous avez entendu ? Partez ! Maintenant !

Benjamin, qui observait la scène sans dire un mot, demanda calmement à chacun de

préparer son départ afin de laisser le couple tranquille, insistant sur le fait qu'en effet, depuis leur arrivée, ils n'avaient apporté que des soucis à Sandrina et assurant comprendre la situation !
Sous le regard incrédule du reste de l'équipe, il monta à l'étage. Ils le suivirent sans rechigner, conscients que ce n'était pas le moment de poser des questions.

Une fois les derniers bagages embarqués dans le camping-car, tandis que Sandrina batifolait avec son prétendu amoureux dans le salon sans la moindre considération pour sa sœur, Benjamin fit signe à la troupe de regagner le véhicule. Adriana, en larmes, était inconsolable :

— Je ne comprends pas ce que ma sœur fait avec cet homme ! C'est étrange, j'ai l'impression de l'avoir déjà vu ! Mais d'où vient-il avec son air de Raspoutine ? Pour qui se prend-t-il pour nous jeter ainsi dehors ?

Benjamin lui expliqua alors ce qu'il en pensait !

— Adriana, ta sœur n'a pas l'air d'être dans son état normal. Je n'ai rien dit pour ne mettre personne en danger mais je pense qu'elle est sous l'emprise de la pierre maléfique. Nous devons rester dans le coin et voir ce qui se trame ici. Faisons juste semblant de quitter les lieux. Je vais simplement faire le tour du pâté de maisons et me garer un peu plus loin pour ne pas être repéré !

D'un coup, Adriana cessa de larmoyer, prête à descendre du camping-car, pierre bleue à la main afin de sortir sa sœur des griffes du malfrat. Julien la retint par le bras :

— Que veux-tu faire ? Écoute Ben, il a l'habitude de gérer ce genre de situation, nous devons lui faire confiance....

Soudain, quelqu'un frappa violemment du poing sur le pare-brise !

— Vous le dégagez votre fichu camping-car, ou je vous crève les pneus ?

Surpris par l'agressivité du voisin, Benjamin Filbot voulut sortir pour s'expliquer. Mais l'individu se montra si menaçant que Julien s'empressa de calmer le jeu et demanda à son ami de démarrer et quitter les lieux.

À l'angle de la rue, une bande de jeunes voyous s'en prenait à un couple de passants, afin de les dépouiller de leur portefeuille.

Cette fois, Julien et Benjamin sortirent du véhicule pour venir en aide aux pauvres gens, mais les fuyards avaient déjà trop d'avance pour que Benjamin puisse tenter quelque chose et récupérer le fruit de la rapine.

Choquées mais saines et sauves, les victimes expliquèrent que c'était la deuxième fois de la journée qu'elles se faisaient malmener et qu'elles n'étaient pas les seules. Quelque chose semblait se passer à Bouin, ville pourtant si calme d'habitude.

Benjamin entreprit alors de retourner là où ils avaient caché les sacs de pierres pour parer à d'éventuels problèmes. Une fois sur place, ils constatèrent, effarés, que les sacs avaient disparu.

— Si, comme je le pense, Sandrina est bien sous l'emprise de ce type, il savait que nous allions la rejoindre à la résidence, face à l'hôpital. C'est de là que nous avons dû être suivis. Ça ne fait aucun doute ! avança Julien.

Les heures passaient et l'équipe n'avait aucune idée quant à la façon de s'y prendre pour reprendre en mains la situation.

— Benjamin, retourne chez Sandrina, je t'en conjure, allons chercher ma sœur, supplia Adriana.

Benjamin se passa la main sur le front, comme pour mieux réfléchir, quand tout à coup, la sonnerie du téléphone d'Adriana retentit :

— C'est bien à brunette que je parle ? demanda une voix hautaine et usée sans doute par une consommation excessive de tabac et d'alcool.

Adriana reconnut le ton du pseudo petit ami de sa sœur et semblait tétanisée ! Benjamin lui fit un signe du menton pour lui faire comprendre d'ouvrir le haut-parleur.

— Oui, je suis Adriana ! Où est ma sœur ?

— Écoute-moi bien ! Ne prends pas tes grands airs avec moi ! Vous cherchez vos jolies pierres ? Moi aussi ! Manque de chance pour vous, notre cher Marc est bien plus malin que vous ! Alors vous allez faire ce que je vous dis ! Soit, vous me laissez faire mon business et vous disparaissez, soit vous ne reverrez plus jamais votre sœur et votre vie deviendra un enfer ! Elle est au château avec moi maintenant, et si vous suivez bien mes instructions, peut-être qu'elle sera libre et que la vie reprendra son cours normal ! Ai-je été assez clair ?

Benjamin fit un nouveau signe de la tête et Adriana acquiesça.

Puisque Sandrina était prisonnière, Benjamin proposa à l'équipe de retourner chez elle pour essayer d'y trouver des indices.

Sur place, la porte d'entrée était ouverte ; une femme se tenait là, dans le salon, en compagnie d'un enfant.

— Ah !   Bonjour,   je   cherche Sandrina ! Savez-vous où elle est ? demanda la jeune femme

Surprise, Adriana se présenta et lui demanda qui elle était et comment elle avait pu entrer chez sa sœur.

— Désolée de vous surprendre ainsi ! Je suis la femme de ménage ! J'entretiens la maison et j'arrose les plantes de votre sœur pendant ses voyages et je suis venue lui rendre les clefs. J'ai trouvé un autre travail et je quitte la ville ! Votre sœur est au courant. Je peux vous laisser le jeu de clefs ?

Pendant qu'elle parlait, le petit attrapa à pleine main une poignée de cailloux bleus posée sur la table du salon ! Benjamin les lui ôta brutalement des mains et l'enfant se réfugia en pleurant dans les jupes de sa mère, surprise par ce geste brutal.
Benjamin eut alors ce regard haineux et Julien comprit qu'il avait entre ses mains les pierres corrompues. D'un coup sec il frappa sur les mains de Benjamin pour lui faire lâcher les pierres maléfiques et les remplaça

par les pierres du Fort qu'il venait de sortir rapidement de sa poche.

La tension était palpable dans le salon, et les amis échangeaient des regards inquiets devant la femme de ménage interloquée. Adriana eut le réflexe de prétexter un produit toxique, qui pouvait générer une grosse allergie, pour emmener la maman et son petit dans la cuisine et lui demander de laver les mains de l'enfant, tandis que Laurence les suivait pour tenter de glisser une pierre non corrompue dans les mains du gamin. Le jeunot au caractère bien trempé se fourra les mains dans les poches et s'opposa formellement en hurlant. Adriana chercha une friandise dans les placards pour lui faire sortir les mains de ses poches mais l'enfant refusa et continua à pleurer dans les bras de sa mère en suppliant :

— Il n'est pas gentil le monsieur ! Il n'est pas gentil ! Je veux aller à la maison mamaaan !

Pourtant, à part la peur qui se lisait dans les yeux de l'enfant, rien ne se passa et il ne montrait aucun signe supposant une quelconque altération de ses facultés physiques ou psychologiques. La pierre maléfique n'avait-elle aucune emprise sur les enfants ?

Benjamin reprenait doucement ses esprits dans le canapé, tandis que Laurence et Adriana discutaient avec la maman autour d'une tasse de café, pour la retenir suffisamment longtemps auprès d'elles et s'assurer qu'en effet, les pierres n'avaient pas affecté le comportement de l'enfant qui avait même fini par accepter les bonbons.
Qu'allaient-ils bien pouvoir faire de cette importante information ? C'est donc de cela que voulaient parler Georges et Ingrid : « *Les enfants sont l'avenir du monde* »

Chapitre 9

Le ballet de pierres

La nuit fut agitée. Entre les rondes que faisaient Benjamin et Julien, les réveils nocturnes d'Adriana, inquiète pour sa sœur, Laurence qui essayait désespérément de la consoler, les cernes marquaient les visages du groupe en ce matin d'hiver glacial. Il fallait vite trouver la solution pour éviter que les effets de la pierre maléfique ne se répandent comme la peste et sèment le chaos.

Julien sortit son ordinateur et tenta une nouvelle fois de se connecter à son blog ; sans succès. Fort heureusement, il avait sauvegardé toutes les adresses mail !!! Oui ! Il allait créer un nouveau blog et envoyer le lien à tous ses amis afin de les prévenir ! Il s'y attela toute la journée et rapidement les contacts affluèrent. Tous les commentaires n'étaient pas bons ; certains étaient même ouvertement des menaces de représailles contre ceux qui évoquaient la pierre bleue. Benjamin et Julien supposèrent, à juste titre, que la pierre maléfique avait traversé les continents... Cependant, la majorité des messages qui arrivaient étaient des messages d'espoir et redonnaient du courage à la troupe.

À chacun de leurs voyages, les missionnaires avaient distribué quantité de pierres bleues sur leur passage et le retour qu'ils avaient aujourd'hui était prometteur : la pierre bleue du Fort annulait bien les effets de la pierre maléfique et les enfants n'étaient pas affectés. Pourtant Marc n'était pas très vieux et il avait été touché. Il y avait donc un âge limite ? Un commentaire allait les éclairer et leur fournir une information importante.

Au tout début de leur périple, trois ans auparavant, l'équipe avait pu faire la connaissance d'une famille au Portugal qui souffrait du caractère acariâtre du père. Sans raison, chaque jour, tout le monde en prenait pour son grade et, Miguel, le jeune fils alors âgé de seize ans, s'était totalement refermé sur lui-même. Ils avaient toujours gardé le contact à travers le blog que tenait Julien.

La pierre bleue avait changé complètement le cours de la vie de Miguel. Edmundo, le père, avait pris conscience de ce fardeau qu'il portait et avait ouvert son cœur à sa famille. Miguel et son père avaient, depuis, pu créer une solide relation et étaient devenus des ambassadeurs incroyables. Edmundo, tant marqué par l'amour qu'il avait en lui et ayant réalisé ce qu'il pouvait en faire, était un véritable porte-parole du monde meilleur. La pierre bleue n'était pour lui que secondaire tant son discours était percutant lorsqu'il rencontrait des personnes qui, comme lui, n'avaient pas conscience des fardeaux inutiles qu'ils portaient.

Miguel avait aujourd'hui dix-neuf ans. Lorsqu'il reçut le mail de Julien, son cœur se mit à battre très fort. Immédiatement il interpella le groupe pour témoigner de ce qu'il vivait depuis quelques jours.

— Des « gens » se sont présentés chez nous en votre nom ! Un homme barbu au regard sombre a tendu des pierres à mon père qui les a prises en main en toute confiance. À cet instant, mon père est devenu haineux. Je ne le reconnaissais plus. Puis l'homme lui a demandé de lui donner les pierres bleues, les vôtres, et mon père leur a remis toutes celles qu'il avait. L'homme répondant au prénom de Viktor les a touchées ! Un sale type au regard vide ! Il a frotté les pierres entre ses mains avec un plaisir diabolique ! Ensuite, il les a mises dans la main de ma mère, puis dans la mienne. Ma mère a changé en un instant ! Je ne reconnais plus mes parents, Julien !

— Tu dis que tu as eu la pierre en main, Miguel, as-tu ressenti quelque chose ? demanda Julien avec insistance.

— Oui, j'ai eu cette pierre en main et cela n'a rien changé en moi. D'où mon interrogation ! Je ne comprends pas ce qui est arrivé à mes parents, ce qu'ils ressentent. Ils ne communiquent plus et me parlent comme s'ils me détestaient. Ils semblent être vidés de leur énergie, et le peu qu'il reste, ils l'utilisent pour être méchants. J'ai essayé de vous retrouver mais je n'avais plus accès au blog ! Je vous assure, ce type est machiavélique ! Lorsque mes parents ont tenu la pierre dans leurs mains, ses yeux sont devenus différents, on aurait dit qu'il se nourrissait d'un plaisir pervers !

Le récit de Miguel glaçait le sang ! Nantis de ces nouveaux éléments, l'équipe fit le point sur la situation.

Les enfants n'étaient pas touchés par la pierre maléfique et la pierre du Fort en annulait les effets ! D'après les dernières informations transmises par Miguel, il semblait aussi que les jeunes adultes qui avaient été entourés d'amour par ceux qui avaient bénéficié des bienfaits de la pierre de Mathilda, étaient immunisés. Viktor était-il au courant de ces éléments ? Si oui, il allait chercher à agir vite ! Seulement, il lui fallait d'autres pierres puisqu'elles ne pouvaient être converties qu'à partir des pierres bleues du Fort ! Il possédait déjà une quantité suffisamment importante de pierres volées, en tout cas assez pour pervertir toute la ville de Bouin ! D'un autre côté, il fallait une semaine à Ingrid et Georges pour retrouver l'énergie nécessaire à leur voyage afin d'apporter d'autres pierres.

Au grand dam des pêcheurs de moules, l'accès aux abords du Fort était toujours interdit mais l'antre était-elle vraiment protégée contre un assaut de Viktor ? Par où commencer ? Toutes ces questions tournaient en boucle dans la tête de Laurence, Adriana, Julien et Benjamin.

Il n'y avait plus guère de doute sur le fait que Viktor et ses hommes avaient pris le contrôle du blog et qu'ils refaisaient le chemin emprunté par la troupe afin de récupérer les pierres et les convertir ! Mais, qui était ce mystérieux Viktor qui avait ce pouvoir sur les pierres ?

— Le récit que nous a fait Miguel me rappelle une affaire sur laquelle travaillait une jeune femme à la « *SDRPI* », déclara Benjamin. Une histoire étrange qui n'avait abouti à rien ! On y parlait d'une sorte de portails organiques, des gens qui étaient déconnectés de leur âme et qui essayaient de voler celle des autres ! C'était très flou, l'équipe du « *SDRPI* » n'a pas pu prouver qu'il s'agissait de phénomènes paranormaux, alors ils ont dû clore cette enquête faute de budget ! L'histoire n'a pas été prise au sérieux. Les conclusions disaient que ce phénomène était purement d'origine psychologique et relevait du comportement humain !

Un grand frisson traversa le corps des deux jeunes femmes.

— Des voleurs d'âmes ! s'écria Laurence. C'est effrayant !

— Certes ! répondit Adriana. Mais pour nous qui sommes témoins du secret de Mathilda, ne devrions-nous pas nous intéresser sérieusement à cette piste ?

— Mais oui ! reprit Benjamin. Tu as raison, Adriana ! La pierre bleue nous reconnecte à notre âme originelle, nous sommes alors purs comme des enfants ! Si nous nous nourrissons d'amour, nous restons purs ! C'est sans doute pour cela que les enfants ne sont pas touchés ! Ils n'ont jamais été pervertis !

— Dans ce cas pourquoi Viktor n'est-il pas réceptif à la pierre bleue ? demanda Julien.

Un court silence entrecoupa la conversation et en chœur, le quatuor lança avec un synchronisme parfait :

— Il n'a pas d'âme !

— Suivons cette piste ! s'écria aussitôt Benjamin. Nous ne pensons pas la même chose par hasard ! J'en suis certain ! Lorsque la *SDRPI* a clôturé ce dossier ; une de mes collègues a décidé de poursuivre ses recherches en marge de l'organisation. Une passionnée ! Je me souviens de son nom : Pauline Valke. Une jeune chercheuse talentueuse qui a laissé des plumes lors de cette enquête. Des portails organiques, elle en a rencontré des centaines qui ont bien failli la rendre folle. Si quelqu'un peut nous aider, c'est bien elle !

Il fallait rapidement trouver le moyen de soustraire Sandrina aux griffes de Viktor ! La piste du monstre sans âme était plus que jamais envisagée et, si tel était le cas, cet homme n'avait pas de limites et était capable du pire ! Les pierres bleues lui permettaient, après les avoir manipulées, d'obtenir plus rapidement toutes sortes de satisfactions destinées à combler le vide qui l'habitait. Une quête sans fin. Puisqu'il ne pouvait rien ressentir, puisqu'il n'était connecté qu'au néant, errant dans un corps vide de toute sensation, sans le moindre sentiment, puisant son énergie chez les êtres humains, pensant qu'en les déconnectant de leur âme, il pourrait en posséder une. Laurence questionna Benjamin au sujet de la requête de Viktor quant à « le laisser faire son business » ! Quel intérêt avait-il, s'il ne pouvait plus avoir accès aux pierres pour les convertir ?

— Ce n'est que de la manipulation ! Il nous teste afin de pénétrer notre cerveau ! Il veut nous déstabiliser en lançant ce genre de questionnement, pour voir comment nous réagissons, et adapter son comportement. Plus il aura d'informations, plus vite il saura comment nous allons agir, et il pourra nous devancer ! Il existe beaucoup de personnalités qui fonctionnent ainsi, mais lui... lui possède un pouvoir bien plus grand, avec la pierre il pourrait construire une armée et semer un véritable chaos ! Et il en est conscient !

Avec les connexions que Benjamin avait auprès de ses collègues, il ne fallut pas plus d'une heure pour retrouver la trace de Pauline Valke et obtenir son numéro de téléphone. L'indicatif la localisait en Indonésie. Benjamin tenta aussitôt de la joindre. Il eut tout d'abord au bout du fil une femme qui, parlant seulement le balinais et ne comprenant rien, avait tout simplement posé le combiné du téléphone. Le silence s'installa durant bien cinq minutes avant qu'une voix d'homme ne lance dans le combiné :

— Hu-llo ?

Laurence, parfaitement bilingue reconnut l'accent et échangea aussitôt avec l'homme dans la langue de Shakespeare, traduisant mot pour mot les questions de Benjamin.

Pauline se trouvait à Ubud, petite ville située sur l'île de Bali, pour une durée indéterminée et elle n'était pas joignable.

Julien, bibliothèque ambulante s'il en est, situa l'endroit en citant le livre d'Elizabeth Gilbert « Mange, prie, aime » ! Terre d'accueil des réfugiés de l'âme !

Étrange coïncidence ? Ou Pauline avait-elle trop étudié les personnalités au risque de se perdre... Benjamin laissa un message afin qu'elle le rappelle dès qu'elle serait de retour. Lorsqu'il donna son nom, l'homme s'écria :

— Benjamin Filbot ? C'est vous le Benjamin Filbot qui a repris les enquêtes de mon grand-père John Adams à la *SDRPI* ?

L'équipe, Benjamin en tête, fut estomaquée ! Comment cet homme du bout du monde pouvait-il être le petit fils de John Adams, décédé en 1975, celui-là même qui à l'époque, enquêtait sur les disparus du Portel ?
L'homme proposa de se rendre sur le champ à Ubud afin de ramener Pauline au plus vite.

Chapitre 10

Renaissance de l'espoir

Benjamin rassembla ses souvenirs afin d'essayer de comprendre le lien qui pouvait unir Pauline au petit fils d'Adams. À sa mort, John était déjà très âgé et l'enquête avait été abandonnée depuis quelques années lorsque Benjamin fut appelé par la SDRPI pour reprendre les recherches du vieil homme. C'est alors qu'il avait fait la connaissance de Pauline Valke, investie de toute son énergie dans ses recherches sur les humains dénués d'âme ; une véritable passionnée. Ils s'étaient rencontrés à plusieurs reprises. Notamment lors de conférences sur les phénomènes paranormaux.

Quelques heures plus tard, Pauline rappela :

— Benjamin ? C'est bien toi Benjamin Filbot ? Oh ! Si tu savais comme je suis heureuse de t'entendre ! Je t'ai cherché longtemps, tu sais ! Mais tu avais disparu de la circulation ! J'ai tant de choses à te dire, j'ai bien peur de ne pas savoir par où commencer !

Pauline ne put cacher son plaisir. Après quelques courtes banalités échangées avec l'inspecteur, elle commença un récit étonnant :

— Il y a trois ans, j'ai été appelée par une femme, Margarete ; elle était totalement désespérée. Elle voulait me parler de son histoire. Cette femme avait lu mes livres et il lui semblait que des événements de sa vie étaient peut-être en rapport avec mes recherches. Cinquante ans plus tôt, elle passait régulièrement ses vacances au Portel. Sachant que tu enquêtais toujours là-bas sur les mystérieuses disparitions, j'ai immédiatement pensé à toi. Je suis allée à sa rencontre, en Allemagne ! Figure-toi qu'elle m'a fait le récit de son propre enlèvement. Alors qu'elle se baignait en compagnie de son mari, une femme juste à côté d'elle s'est accrochée à son bras. Margarete s'est alors sentie happée sous l'eau par une force extraordinaire. Quelques instants plus tard, elle s'est retrouvée aux côtés de cette femme inconnue dans un endroit paradisiaque. Elle m'a fait la description d'un jardin enchanté, inondé de fleurs et de plantes luxuriantes inconnues, merveilleusement colorées et aux fragrances envoûtantes.

Les quatre amis échangeaient des regards qui en disaient long, tandis que leurs propres souvenirs refaisaient surface ! S'agissait-il vraiment de l'antre du Fort de l'Heurt ? Tout semblait aller en ce sens ! Comment sinon aurait-elle pu aussi bien le décrire ? Pauline poursuivit son récit.

—Je t'avoue Benjamin que j'ai d'abord pensé que la vieille dame radotait tant cette histoire était incroyable. Elle disait ne pas vouloir quitter cet endroit tellement elle s'y sentait bien. Pourtant, une fraction de seconde plus tard, elle s'était retrouvée allongée sur le sable alors que les secours la réanimaient ! Personne dans sa famille n'a jamais voulu croire à son histoire et tous l'ont sommée de ne jamais raconter son

« délire » si elle ne voulait pas passer pour folle. Alors, plus jamais elle n'a évoqué cet épisode mais jamais, disait-elle, ce lieu magique n'avait quitté son esprit. Elle savait pertinemment qu'il existait vraiment. Sa vie a repris son cours et, huit mois et demi plus tard, elle mettait au monde son petit *Viktor*! À partir de ce jour, sa vie toute entière est devenue un véritable enfer.

Tandis que Pauline continuait de parler, les mains de Laurence et Adriana se portèrent à leur poitrine. Benjamin et Julien se regardèrent, incrédules !

— C'est incroyable ! s'écria Benjamin.

— C'est bien pire encore ! continua Pauline. Le petit était un véritable tyran avec les autres enfants. Ses parents n'avaient jamais pu lui faire le moindre câlin sans qu'il ne se mette à mordre ou à hurler ! Viktor était d'une incroyable cruauté ! Pourtant, un jour qu'ils étaient de retour pour les vacances sur la plage du Portel, à proximité du Fort, Viktor, qui avait à l'époque une dizaine d'années, rapporta chez lui un seau rempli d'eau de mer et de petits cailloux. L'enfant

passa toute la soirée à y tremper ses mains.
Le seul moment de sa vie, dit-elle, où elle
avait vu du bonheur dans les yeux de son
fils. Il était heureux, il était gentil, c'est le
seul jour où il l'a appelée « maman », m'a-t-
elle confié en fondant en larmes. Viktor
supplia son père de garder le seau d'eau mais
celui-ci finit par le vider à l'égout. Margarete
se souvient avoir été marquée par une pierre,
une pierre d'un bleu lumineux qui était
tombée avec les autres sous la grille des
souterrains !

Faisant inévitablement le lien avec le Viktor
qu'ils connaissaient, l'équipe ne savait que
penser. La faible connexion Internet de
Pauline ne leur permettant pas de discuter en
Visio sur Skype, Benjamin se mit alors à
raconter lui aussi toute leur histoire au
téléphone. De chaque côté, les hauts
parleurs étaient branchés et la conversation
dura des heures entières. Filbot finit par
demander à Pauline comment elle était
entrée en contact avec Monsieur Adams.

— C'est la dernière partie de l'histoire
de cette pauvre maman ! Et certainement la
plus horrible ! Les jours suivants, Viktor

retourna souvent sur la plage, à proximité du Fort, chercher un autre seau rempli d'eau de mer et de petits cailloux ; mais jamais plus il ne retrouva cette joie en y plongeant les mains. Il faisait de telles crises de nerfs qu'il finit par déranger un monsieur qu'il croisait chaque jour sur le Fort. L'homme en question, agacé par le comportement du gamin, le ramena sur la digue auprès de ses parents, en haut des escaliers, puis se retourna pour se diriger à nouveau vers le Fort. Viktor en profita pour pousser l'homme sournoisement. Celui-ci chuta violemment et se retrouva allongé sur le sol, en bas des escaliers. Tandis que le gamin se tordait de rire, les parents, choqués, allèrent porter secours au vieux monsieur. Mais celui-ci ne voulut pas de l'aide qu'ils lui proposaient. Bien que visiblement contusionné il se releva et s'éloigna en titubant. Ces faits remontant à 1975, j'ai fait le rapprochement avec la disparition de John Adams. J'ai retrouvé une photo de l'équipe de la « SDRPI » de l'époque et je l'ai montrée à cette femme qui reconnut John immédiatement ! C'est alors que j'ai pris contact avec Philippe Adams. J'ai voulu savoir de quoi exactement était mort son grand-père, et figure-toi que si Philippe était bien trop jeune pour se souvenir, sa sœur aînée raconte que, même si son grand-père a été déclaré « décédé de mort naturelle », sa grand-mère a toujours pensé que la chute de son époux dans un escalier près du Fort, était à l'origine de son décès !

Pauline, qui espérait pouvoir enfin trouver les réponses à ses questions, promit d'organiser rapidement son voyage afin de se joindre à l'équipe. En se penchant sur l'histoire du gamin, elle s'était rapprochée de Philippe, le petit-fils de John Adams, et ils formaient depuis un couple heureux.

Après le récit stupéfiant que venait de leur faire Pauline, le groupe resta un long moment sans voix. Enfin, Adriana brisa le silence :

 — Se peut-il que Mathilda ait commis une erreur en enlevant une femme qui attendait un enfant ? Et qu'après s'en être aperçue, elle l'ait rendue à notre monde ?

 — C'est une possibilité, vu les circonstances, rétorqua Benjamin, en lançant un regard admiratif à Adriana. Nous voici avec une nouvelle énigme sur les bras, et pas des moindres ; mais quel rapport cela a-t-il avec la cruauté de Viktor ?

Seule Mathilda aurait pu répondre à cela, mais elle était partie dans son nouveau monde et ils ne savaient pas comment et s'il était seulement encore possible de la joindre.

Cela faisait maintenant une semaine que Georges et Ingrid avaient emmené les enfants dans l'antre du Fort de l'Heurt afin d'assurer leur protection. Le manque était permanent, mais, après avoir entendu l'histoire de Pauline, Laurence et Adriana étaient certaines d'avoir fait le bon choix. Chaque soir, elles leur parlaient grâce à la fenêtre virtuelle qu'Ingrid avait promis d'ouvrir chaque fois qu'elles le souhaitaient. Bientôt, ils allaient se revoir et aussi, récupérer les cailloux qui allaient leur apporter une aide précieuse pour remettre un peu d'ordre à Bouin qui subissait les conséquences des agissements de Viktor.

Ils avaient tenté d'approcher le château, espérant apercevoir Sandrina mais repérés par les sbires de l'odieux personnage, celle-ci, totalement sous l'emprise de son gourou, les avait appelés pour leur demander de mettre fin à leurs tentatives d'approche. Il fallait élaborer une stratégie pour la sortir des griffes de ce monstre, mais aussi comprendre exactement le but qu'il projetait d'atteindre. Pour cela, ils pensèrent se mettre à la recherche d'Alexandre afin de savoir de quel côté il était et s'il était touché lui aussi par la pierre maléfique. S'il ne l'était pas et que Viktor n'avait pas cette information, sans doute allaient-ils pouvoir convaincre Alexandre de se rallier à eux afin d'échafauder un plan et gagner la confiance de Marc. Après tout, peut-être s'était-il juste enfui par peur...

Enfin... ! Le rendez-vous avec Georges et Ingrid fut fixé pour le lendemain sur la plage de l'Herbaudière. Laurence et Adriana trépignaient d'impatience, autant que les papas !

Tandis qu'ils avançaient d'un pas impatient, une lourde brume se désagrégea peu à peu, laissant apparaître les silhouettes de Djoe et d'Inguie qui avançaient vers eux en courant !

Un peu plus loin, Georges tenait Marie dans ses bras et Ingrid portait Mathilde tout contre son cœur. Les enfants avaient eux aussi la peau toute rose et si particulière au retour de l'antre du Fort ! Une peau d'une pureté incomparable.

Les retrouvailles furent empreintes d'amour et les cœurs battaient en harmonie ! La joie se lisait sur les visages aux larges sourires et par les cris joyeux des enfants.

Soudain, Djoe et Inguie lâchèrent les bras de leurs parents pour se précipiter un peu plus loin en hurlant :

— Tata ! Tata Sandrina !

Avant de s'arrêter net et de faire demi-tour pour se nicher, effrayés dans les bras de leurs papas respectifs !

La brume s'épaissit à nouveau et tout le groupe disparut de la vue de quiconque aurait assisté à la scène.

— Qu'avez-vous vu ? demanda Benjamin, inquiet.

— Un méchant ! Il y a plein de choses qui tournent autour de lui, chuchota Djoe tout tremblant, le visage enfoui dans le cou douillet de son père !

Julien rassura son fils et lui affirma qu'il ne risquait rien et qu'il était maintenant en sécurité.

— Je sais, papa ! Mais pas vous ! Il peut vous faire du mal !

Adriana lança un regard stupéfait vers Georges et Ingrid :

— Que veut-il dire ?

Ingrid fit un geste de la main et une bulle merveilleuse engloba l'ensemble du groupe. Le spectacle était extraordinaire et le décor de l'antre du Fort apparut à leurs yeux émerveillés. Mais Adriana et Julien n'arrivaient pas à profiter du spectacle.

— Adriana ! Julien ! Vous ne devez en aucun cas être inquiets. Ce que je vais vous dire va vous sembler étrange, tout comme lorsque j'ai révélé à Laurence et à

Benjamin les pouvoirs d'Inguie. Vos enfants sont... comment vous dire... particuliers dans ce monde ! Ils voient les âmes. Mais ce n'est pas tout ! Ils ont en eux le pouvoir de la pierre bleue ! Rappelez-vous, lorsque vous avez été touchés par la pierre maléfique et que vous avez dormi toute une journée ! Les enfants ont dormi près de vous et rien qu'en vous touchant, ils ont enlevé tout pouvoir à la pierre corrompue. Vous n'êtes pas devenus de sinistres personnages haineux ! Vous avez mis un peu de temps à reprendre vos esprits, certes, mais vos enfants sont encore petits et ils ne maîtrisent pas encore parfaitement leurs pouvoirs !

— Mais, lorsque Benjamin a été touché, il a pourtant changé lui ! Pourquoi cela ? demanda Laurence, inquiète à son tour !

— Oui, mais souviens-toi, Laurence, Inguie a voulu toucher son papa et il l'a repoussée avant qu'elle ne puisse lui en faire disparaître les effets ! Il a eu peur de vous faire du mal, il ne connaissait pas les pouvoirs de sa fille, continua Ingrid.

— Pourquoi ne nous as-tu rien dit avant ? s'étonna Adriana.

— Je ne le pouvais pas ! Vos enfants devaient recevoir l'amour tel que vous le leur avez apporté avant que cela ne se produise.

— Y a-t-il autre chose que nous devrions savoir sur nos propres enfants ? demanda Benjamin, un poil agacé, comme si l'inquiétude prenait le dessus sur tous les bienfaits de la pierre.

— Je comprends ton agacement Benjamin ! répondit Georges, c'est humain de s'inquiéter pour ses enfants, mais tu dois absolument réaliser que c'est une bénédiction pour eux !

— Dans ce cas, pour quelle raison ont-ils été si effrayés ? insista Benjamin.

D'un ton doux Georges continua :

— Comme Ingrid te l'a dit, ils sont jeunes. Ils ne maîtrisent pas encore tous leurs pouvoirs. Ils font aussi la convoitise d'âmes malveillantes !

— Tu veux parler de Viktor ? demanda Benjamin d'un ton inquiet.

— Entre autres ! Nous avons vu ce qu'il est advenu de Viktor ! C'est un horrible personnage en effet, mais....

— Mais quoi ? coupa Benjamin, que devrions-nous encore savoir ?

Georges et Ingrid échangèrent un regard embarrassé...

— Écoute, mon ami ! reprit Georges. C'est vrai que nous avons dû vous cacher ce que nous savions à propos de vos enfants ! C'est vrai que derrière ce Viktor se cache une effroyable vérité, mais nous ne pouvons malheureusement rien faire de plus pour vous ! Si vous n'êtes pas en mesure de rendre ce monde meilleur par vos propres moyens, cela ne tiendra pas très longtemps. Vous avez déjà la pierre bleue, vous devez faire en sorte que ce monde devienne un monde d'amour. Vous avez déjà compris que les enfants qui ont reçu cet amour merveilleux le garderont en eux toute leur vie et le transmettront à leur tour. C'est un don inestimable mais aussi un travail de longue haleine. Nous avons foi en vous et en votre capacité à surmonter vos appréhensions.

— Voilà tout ce que nous pouvons vous dire, ajouta Ingrid d'un ton apaisant et avec un grand sourire. Enfin... à peu près tout ! Les pierres que nous vous apportons aujourd'hui ne peuvent plus être corrompues, elles ont été touchées par vos enfants ; et croyez-nous, ils se sont bien amusés à les ramasser une à une pour préparer ces deux jolis sacs coloriés par leurs soins ! Et si nous profitions de ce beau moment avec les enfants maintenant ?

Chapitre 11

Tractations et manœuvres

Viktor était toujours à leurs trousses. Afin de pouvoir remettre de l'ordre dans la petite ville de Bouin sans attirer les soupçons sur eux, Julien, Benjamin, Laurence et Adriana s'étaient installés dans une maison qu'ils avaient fait louer par l'entremise de Pauline, dont l'arrivée était imminente.

Pour retrouver Alexandre, Adriana avait eu l'idée de se présenter à pôle emploi sous le statut de l'entreprise de sa sœur, feignant de chercher un employé qu'elle avait reçu en entretien quelques temps auparavant mais dont elle avait égaré le curriculum vitae. Avec le nom du prétendant au poste, cela devait pouvoir faire illusion et ce fut le cas. Un rendez-vous fut fixé avec l'employé du pôle et Alexandre reçut sa convocation pour une offre pas vraiment comme les autres.

Décidément, ce pauvre garçon n'allait peut-être pas garder de bons souvenirs des services du site.

Toujours est-il que, le jour venu, Alexandre était fidèle au poste et avait fière allure, visiblement motivé pour décrocher le job ! Debout devant la porte de l'agence de Sandrina, close depuis son « enlèvement », il recula afin de vérifier si l'enseigne était la bonne et regarda à deux fois sa lettre de convocation. Un peu plus loin, Benjamin et Julien observaient la scène, un peu peinés pour le chercheur d'emploi enthousiaste !

Sans faire attendre plus longtemps le malheureux garçon, les deux hommes s'approchèrent de lui, tout en essayant de passer inaperçus. À leur grande surprise, Alexandre parut heureux de les voir et leur serra la main d'un geste sympathique. Même si la déception se lut sur son visage, lorsque Benjamin lui annonça qu'il était en fait l'auteur de l'annonce fictive, il accepta néanmoins de les suivre et de prendre connaissance de ce qu'ils avaient à lui proposer.

C'est ainsi qu'ils se retrouvèrent tous ensemble, attablés autour d'un verre dans la maison de Pauline. Visiblement, le jeune Alexandre n'était pas affecté par la pierre maléfique et avoua, non sans un brin de honte, qu'il s'était enfui pour mener sa vie et trouver un travail. Il s'étonna de l'absence des enfants et demanda de leurs nouvelles. Vu le comportement des plus agréables du gamin, l'équipe décida de lui faire entièrement confiance et lui exposa les derniers événements et son plan.

Alexandre devait feindre un comportement altéré par la pierre et infiltrer le manoir de Viktor afin de se rendre compte de la situation et de rapporter des éléments qui permettraient la libération de Sandrina, dont ils avaient fait le récit complet de la disparition. La manœuvre était risquée et le groupe, après réflexion, face à ce garçon si gentil et si jeune, se demandait si l'idée de mettre Alexandre en danger était pertinente.

—Je voudrais vous aider, assura Alexandre ! Oui, je le voudrais vraiment ! dit-il avec véhémence. Mais je suis seul et il me faut trouver le travail dont j'ai besoin pour avoir un logement ! Je suis en foyer, vous comprenez ? La vie y est très dure !

— Oh oui, nous te comprenons ! s'empressa de répondre Adriana. Nous sommes désolés d'avoir seulement imaginé te demander une telle chose. N'y pense plus ! Et surtout, reste ici le temps que tu veux. Quitte ce foyer où tu es si mal et installe-toi ici, avec nous. Tu ne manqueras de rien !

Soudain, un son bref et strident retentit dans toute la maison. Surpris, tous étaient sur le qui-vive dans un silence pesant. On pouvait presque entendre battre leurs cœurs effrayés. Après quelques secondes, qui parurent durer une éternité, le bruit strident retentit à nouveau, plus longuement cette fois ! Julien s'approcha lentement de la porte d'entrée, avant de comprendre que le raffut en question était dû au gémissement de la vieille sonnette en bien piteux état. Il ouvrit la porte et se trouva nez à nez avec un couple, assis sur un tas de valises !

— Coucou ! Je pense que je suis bien arrivée chez moi déclara la jeune femme, avec un grand sourire mais visiblement bien fatiguée !

Benjamin reconnut immédiatement la voix de Pauline et s'avança rapidement pour étreindre son amie.

— Je suis tellement heureux que tu sois là Pauline ! Merci, merci d'être venue nous aider.

— Merci à toi, mon ami ! Je te suis reconnaissante de m'avoir contactée. Je suis ravie d'être ici avec vous ! De plus, je ressens un tas d'énergies positives dans cette maison, ajouta-t-elle en pénétrant dans la demeure d'un pas à la fois vif et léger, telle une danseuse.

Une fois les présentations faites, une grande tablée bien garnie réunit l'équipe de choc au complet. Seule Sandrina manquait...

Pauline et Philippe étaient épuisés par le long voyage et le décalage horaire n'arrangeait rien. Après avoir partagé ensemble un copieux repas, il fut convenu de les laisser se reposer et de reparler de toute cette affaire dès le lendemain matin.

Pauline, psychologue clinicienne de formation, avait appris beaucoup sur l'être humain au fil des enquêtes sur lesquelles elle avait travaillé. Des personnalités complexes, elle en connaissait bien les comportements et pouvait habilement en établir le profil. Elle avait d'ailleurs régulièrement participé à différentes enquêtes criminelles avant de se consacrer intégralement à sa passion. Dans l'affaire de Viktor, la réaction du petit garçon et son changement de comportement inexpliqué au simple contact de l'eau de mer l'intriguait au plus haut point, d'autant qu'elle ne connaissait aucun précédent, ce qui la motivait encore davantage ! C'est lors de son intégration à la « *SDRPI* » que sa passion pour les âmes lui était apparue comme une évidence. C'était là sa voie ! Elle était convaincue que personne n'était définitivement méchant et que chacun pouvait retrouver le chemin de son âme originelle. Mais, malgré la distance qu'elle savait mettre entre elle et les « Êtres déconnectés », comme elle les appelait, Pauline se retrouvait régulièrement vidée de son énergie. D'où ses voyages réguliers dans des lieux où elle pouvait se ressourcer et méditer.

Le soleil blanc de fin d'hiver apportait au réveil une douce chaleur à travers les baies vitrées de la jolie maison de Bouin.
Surpris par les odeurs de cuisine, Benjamin, ordinairement lève-tôt, s'étonna d'avoir dormi si longtemps. Il se leva prestement pour enfiler son pantalon lorsqu'il aperçut Laurence, encore toute ensommeillée, emmitouflée sous la couette épaisse. Sa montre n'affichait pourtant que sept heures trente ; un peu tôt pour passer à table. Il embrassa sa femme au creux du cou et se dirigea vers la cuisine afin de trouver l'origine de cette odeur particulière qui n'était en rien comparable à celle du café auquel il était habitué de si bon matin.

— Oh ! Bonjour Benjamin ! s'exclama Philippe avec son accent anglais. Je vous ai préparé le English breakfast ! Tenez ! Installez-vous, je vais vous servir !
Benjamin cherchait des yeux une hypothétique cafetière remplie du breuvage qu'il affectionnait tant et n'en trouva pas !

— Je pense que si vous réussissez à me faire manger cela, Philippe, nous pourrons nous tutoyer ! Mais qu'est-ce donc ?

Philippe arbora un sourire complice et présenta une assiette remplie de haricots blancs à la sauce tomate, de bacon et de saucisses.

— Mange donc, mon ami ! Nous aurons bien besoin de forces pour les jours à venir !

— Mais où as-tu trouvé tout cela ?

— Je suis déjà allé en ville ce matin ! J'y ai trouvé une petite épicerie ouverte. Ce n'était pas très agréable d'ailleurs ! Les Français me semblaient bien plus accueillants. Pas un bonjour, pas un merci, ni un au revoir !

Adriana, qui descendait l'escalier, paraissait tout aussi curieuse de connaître l'origine de cette odeur si peu familière de bon matin.

— Bonjour Philippe ! Bonjour Benjamin ! Oh ! Qu.... Quelle jolie surprise ! Un petit déjeuner à l'anglaise ! En voilà une idée ! Je suis certaine que tu vas te régaler, Benjamin ; dit-elle en souriant. J'ai entendu tes mésaventures, Philippe ! Crois-moi ! Les habitants de Bouin sont des gens charmants, tu as juste eu un aperçu de l'effet néfaste de la pierre corrompue sur leur comportement !

— Oui ! C'était une très étrange sensation ! Je me suis senti oppressé chez ce commerçant, et tout le long du chemin d'ailleurs. C'était comme si l'air ne pénétrait pas complètement dans mes poumons ! Mais une fois rentré ici, tout allait mieux ! répondit Philippe en souriant.

Laurence, Julien et Pauline ne tardèrent pas à rejoindre Adriana à la cuisine. Sept assiettes étaient posées sur la table, mais Alexandre n'avait pas encore fait son apparition.

— Gardons-lui son assiette au chaud et laissons-le prendre son temps et se reposer, suggéra Laurence.

Pendant ce temps, les ambassadeurs réfléchissaient à une manœuvre efficace pour que Pauline puisse approcher Viktor et « le sonder » sans prendre de risques. La première stratégie consistait à ce qu'elle se présente à lui sous un prétexte qui restait encore à définir, en possession des nouvelles pierres bleues qui ne pouvaient plus être corrompues. Le problème était que personne ne savait comment Viktor allait réagir à cette pierre, et qu'il était hors de question de prendre le moindre risque. Pauline, elle, était partante pour tenter l'expérience.

— Hors de question ! s'exclama Philippe, inquiet et déterminé.

— J'ai mes anges gardiens avec moi ! Je suis certaine de réussir, rétorqua Pauline.

— N'y pense même plus ! Cet homme est, j'en suis certain, à l'origine du décès de mon grand-père, tu n'imagines quand-même pas que je vais te laisser seule avec ce… ce…

Même s'il ne trouvait pas les mots pour terminer sa phrase, les arguments de Philippe étaient convaincants. Benjamin et Julien se rangèrent à l'avis de Philippe et l'idée fut abandonnée. La conversation matinale fut interrompue par la sonnerie étouffée venant de la porte d'entrée, et qui n'allait sans doute plus tarder à rendre son dernier soupir !

Hormis les personnes présentes dans la maison à ce moment-là, nul n'avait pu avoir connaissance de l'occupation des lieux, à part bien sûr le propriétaire. La demeure était trop éloignée du centre-ville pour être visible de la route.   Benjamin, se leva rapidement, suivi par Julien et se dirigea vers la fenêtre :

— C'est Alexandre ! dit-il, surpris.

Alexandre avait l'air très fatigué, mais c'est bien lui qui se tenait devant la porte avec un large sourire :

— Surpriiiise !   s'exclama-t-il lorsque Julien lui ouvrit la porte !

— Comment   est-ce   possible ? s'inquiéta Adriana ! Je te pensais en train de dormir !

— C'est une longue histoire ! Enfin, c'est l'histoire d'une nuit ! dit-il en souriant !

— Entre ! Entre vite ! le pressa Laurence. Il vaut mieux ne pas attirer l'attention ! Malgré le fait que tu dois être très fatigué, à en croire les traits tirés de ton visage, tu m'as l'air bien joyeux !

— As-tu faim ? demanda Philippe en tendant une assiette ! Nous t'avons gardé ton English breakfast au chaud !

— Mon quoi ? interrogea Alexandre, devant le petit déjeuner préparé par Philippe. Euh... non merci, je n'ai pas très faim ! Mais j'ai une bonne nouvelle à vous annoncer !

Adriana le regarda, les yeux ronds.

— Tu as des nouvelles de Sandrina ? Dis-moi que c'est bien de cela que tu veux parler, je t'en prie…

— Oui Adriana, je l'ai vue ! Et elle va bien !

— Raconte-nous ce que tu as fait cette nuit, Alexandre, insista encore Laurence.

Je suis allé au Manoir ! J'ai suivi le plan que nous avions évoqué mais... ne vous inquiétez pas, ajouta-t-il immédiatement, voyant les visages s'assombrir ! Tout s'est très bien passé. Je me suis présenté là-bas et j'ai vu Marc ! Le sale type... Il m'a repéré lorsque je me suis approché du parc, en pleine nuit ! Il m'a demandé ce que je faisais là ! Sans perdre mon sang froid, je lui ai répondu que j'étais venu chercher l'argent qu'il m'avait promis, lorsqu'il m'avait embauché pour vous voler les pierres. Il s'est mis à rire en me disant que j'étais tombé sur la tête ; que je n'avais rapporté aucune pierre et qu'en plus de ça, je vous avais permis de le capturer ! J'ai sorti le petit paquet de pierres que vous m'avez remis hier soir et je lui ai dit : « C'est ça que tu veux non ? » Il m'a attrapé par le bras et m'a dit avec une grosse voix : « Viens avec moi ! »

Tous écoutaient avec admiration et impatience le récit d'Alexandre, sans l'interrompre.

—Je lui ai tendu une pierre et il a refusé d'y toucher ! « Je ne peux toucher que celles que mon maître me tend », m'a-t-il dit. J'ai alors tenté un deal avec lui : « Qu'espères-tu de ton maître ? De la reconnaissance ? » « Il me donnera tout ce dont j'ai besoin ! » s'est-il exclamé sur la défensive. Avec un sourire moqueur je lui ai répondu : « Très bien ! Et si je t'assure qu'avec ces pierres, il te vénérera comme un Dieu ? Si je te garantis de t'en apporter cent fois plus ? » Il a alors fait les yeux ronds, son visage a pris un air perfide. « Que veux-tu en échange ? Les as-tu seulement ces pierres ? m'a-t-il questionné. « Oui, je les ai ! Je veux que tu prennes une de ces pierres dans ta main et tu verras qu'elles sont différentes ! » « Non ! C'est hors de question ! Maintenant, suis-moi ! »
Et c'est ainsi que je me suis retrouvé devant Viktor !

—Oh ! Et que s'est-il passé ? Comment t'en es-tu sorti ?! s'écria Adriana

—Lorsque je me suis retrouvé devant Viktor, je lui ai tendu vos pierres. Il les a prises aussitôt dans sa main et là, une chose incroyable s'est produite. Des petites fumées bizarres bougeaient autour de lui, on aurait dit un millier d'insectes sombres et démoniaques qui cherchaient à s'acharner sur lui. Viktor battait des bras pour les faire fuir et semblait totalement désemparé. Je vous assure que son visage apeuré me faisait presque pitié. On aurait dit un enfant. Et au milieu de toute cette noirceur, il y avait une flamme légère, bleutée et brillante qui essayait de s'approcher de Viktor ! La forme brillante a éclairé d'un coup la pièce dans laquelle nous nous trouvions, et sa couleur est passée du bleu au blanc, du blanc au violet intense puis au vert. Ensuite, elle a parcouru la pièce en laissant derrière elle un voile duquel est tombée comme une pluie de fines étoiles multicolores et étincelantes. C'était un incroyable spectacle ; à la fois terrifiant et pourtant merveilleux. Terrifiant, car on aurait dit que toutes ces choses qui ressemblaient à des insectes formaient une barrière entre Viktor et cette lumière magique. Comme si elles se confrontaient ! Puis, d'un coup, plus rien ! Nous nous sommes retrouvés dans la pénombre, comme lors de mon arrivée. Viktor a alors jeté les pierres au sol et s'est écrié :

« Ramène-moi les autres pierres ! Je veux toutes les pierres que tu possèdes ! Il m'en faut plus ! Tu auras en échange tout ce que tu veux, tu n'auras qu'à demander ! »

— Et... ? demanda Adriana d'une voix à peine audible.

— C'est juste après que je l'ai vue ! répondit Alexandre ! Marc a machinalement ramassé les pierres jetées au sol par Viktor ! Il n'a pas fallu plus d'une seconde pour que leur pouvoir agisse. Le pouvoir de ces pierres était intact, même après avoir été manipulées par Viktor. Marc m'a regardé et j'ai compris. J'ai vu le bien dans ses yeux... Mais Viktor l'a vu aussi ! Il a appelé ses sbires corrompus et nous nous sommes retrouvés empoignés et emmenés au sous-sol du Manoir ! Là, il a ouvert une porte et Sandrina était là, enfermée certes, mais elle n'avait pas l'air affaiblie. Je n'ai pas eu le temps de lui parler. Viktor a poussé Marc avec elle dans la pièce et avant de refermer la porte il m'a dit : « Tu as deux jours pour m'apporter les pierres ! Ou tu ne les reverras plus... » ... Et me voici !

— Comment es-tu certain de ne pas avoir été suivi ? Cela semble si facile ! demanda Benjamin, inquiet, en se dirigeant vers la fenêtre pour vérifier.

— J'en suis sûr ! Croyez-moi ! « Raspoutine » était heureux comme un enfant lorsqu'il tenait les pierres. Je lui ai dit qu'il n'en aurait aucune s'il tentait de me suivre ou de vous retrouver de son propre chef. Je lui ai fait la promesse de revenir d'ici deux jours avec des centaines d'autres pierres.

— Deux jours ? Comment élaborer un plan en deux jours ! s'inquiéta Julien.

— C'est un peu court en effet ! Nous n'avons pas assez d'informations pour éviter tout risque pour Sandrina et pour Marc maintenant qu'il est revenu de notre côté ! Et nous voici avec une histoire d'insectes multicolores ! rétorqua Benjamin

— Je pense avoir mon idée là-dessus mais cela va peut-être vous paraître étrange... avança Pauline.

— Nous ne sommes plus à ça près ! En matière d'étrangeté nous sommes plutôt rôdés ! Dis-nous ce à quoi tu penses, insista Benjamin

— Voilà ! continua Pauline. Ce qu'Alexandre décrit comme pouvant être des insectes sont pour moi des entités. Si Viktor est un corps physique dénué d'âme, il attire à lui toutes sortes de ce que j'appellerais « âmes perdues » qui n'ont jamais trouvé la paix. Des âmes torturées qui n'ont pas quitté ce monde, soit parce qu'elles ne le voulaient pas, soit parce qu'elles ne le pouvaient pas. Toujours est-il que dans un corps comme celui de Viktor, elles ne risquent pas d'être dérangées, ce n'est pas lui qui va attirer de bonnes ondes vers lui ; ce qui pourrait les chasser ! Il ne peut pas chercher à faire évoluer son âme, puisqu'il n'en a pas ! Cependant, il pourrait en avoir une quelque part, et c'est sans doute pour cela que toutes ces entités se sont manifestées. Elles forment un égrégore si puissant, qu'il faudrait une énergie positive monumentale pour que son âme et lui puissent se retrouver.

— A quoi penses-tu quand tu dis qu'il pourrait en avoir une ? s'enquit Benjamin.

— Je pense que cette forme brillante qu'Alexandre a vue, pourrait être l'âme de Viktor. Mais, elle est repoussée par toutes les entités qui gravitent autour de lui depuis qu'il est tout petit. En général, ces entités se manifestent plutôt autour des êtres qui ont encore besoin de faire grandir leur âme, elles torturent moins les sages qui savent qu'elles existent et ne se laissent pas perturber. Ces personnes sont en lien permanent avec leurs propres anges gardiens. Ce sont des êtres connectés à l'univers qui génèrent une énorme quantité d'amour autour d'eux, et l'amour, ces entités-là, elles ne le supportent pas !

— Si je te comprends bien, il faudrait entourer Viktor d'amour pour que son âme puisse s'en approcher ? osa Adriana, incrédule.

— C'est bien ainsi que je le pense, oui ! La pierre bleue fait ressentir ponctuellement à Viktor les bienfaits de l'amour, mais comme il n'a pas d'âme, il ne peut le générer lui-même. C'est pour cette raison que la pierre n'a qu'un bref effet sur lui, il n'a pas la possibilité de se reconnecter. La pierre, elle, est immédiatement corrompue, non pas par lui, mais par toutes les entités qui l'entourent. Nous n'avons que deux sacs de pierres, nous devons remettre de l'ordre à Bouin et nous n'avons que deux jours devant nous. Mais si toute la ville s'allie à nous, nous serons plus nombreux pour entourer Viktor ; même si je pense que toutes les ondes positives que nous pourrions générer avec la ville entière c'est encore trop peu. Si nous réussissons à créer un égrégore de bienveillance plus puissant que la convergence de toutes les formes de malveillance qui entourent Viktor, alors peut-être que lui et son âme pourraient se reconnecter.

— Nous n'avons pas d'autre choix que de tenter ! assura Benjamin. Mettons-nous au travail dès maintenant et parcourons Bouin de long en large afin d'inverser les effets de la pierre maléfique. De ton côté Julien, assure-toi que plus aucun de nos contacts ne prenne en main la pierre corrompue, et que tous soient prévenus de ne plus distribuer aucune de nos pierres. L'ampleur des dégâts occasionnés sur Bouin nous donne une idée de ce qui doit être en train de se passer là où Viktor est passé après nous. L'idéal serait de pouvoir atteindre les sbires de Viktor ! As-tu pu évaluer sa garde, Alexandre ?

— Ça grouillait un peu partout ! s'exclama Alexandre. J'ai pu en croiser une bonne dizaine lorsque nous sommes allés au sous-sol. Le manoir est immense, et si l'on compte ceux qui parcourent le monde, on peut aisément imaginer plusieurs centaines, voire des milliers.

— Il va nous falloir bien davantage de pierres, mais aussi beaucoup de temps ! conclut Filbot.

Mais le pouvoir de la pierre manipulée par Inguie et Djoe était bien plus grand qu'ils ne l'avaient espéré ! Une fois le plan d'action établi, chacun parcourut la ville par petits groupes de deux. Il était convenu qu'Alexandre resterait à la maison. D'une part, il devait se reposer et d'autre part, son visage était fraîchement ancré dans les mémoires des maléfiques après son passage au manoir la nuit précédente.

Jouant les excursionnistes, Benjamin et Laurence se tenaient par la main en prenant soin de se serrer l'un contre l'autre. Dès qu'ils croisaient un personnage douteux qui pouvait être un disciple de Viktor, ils dissimulaient leurs visages en s'embrassant. Les deux autres couples en faisaient de même. Il ne leur fallut pas longtemps avant d'être accostés par un groupe de jeunes malfaisants qui cherchaient à les détrousser. Faisant mine de donner leur monnaie, les faux touristes glissèrent en même temps une pierre dans la main des pilleurs, et la magie opéra.

À leur grande surprise, la pierre restait intacte et passait d'une main à l'autre sans perdre son pouvoir qui semblait être éternel. En un instant, les pilleurs devenaient ambassadeurs et agissaient à leur tour pour ramener la petite ville de Bouin à l'état de grâce. À la fin de la journée, toute la ville avait retrouvé son calme, et il n'en fallut pas davantage pour que la nouvelle parvienne immédiatement au manoir. Le plus délicat restait à venir.

Une fois rentrés, après une dure journée à parcourir la ville avec, heureusement, la satisfaction d'une mission accomplie, les ambassadeurs du bien se retrouvèrent chez Pauline. Alexandre attendait, impatient. Pour tuer le temps, il avait préparé un bon repas pour ses hôtes. Après le petit déjeuner particulier de Philippe, un bon repas à la française fut grandement apprécié ! Alexandre se sentait utile et apprécié. Il était heureux.

La sonnerie du téléphone d'Adriana retentit ! C'était le numéro de Sandrina qui s'affichait. Benjamin prit l'appel. D'une voix usée mais toujours aussi menaçante, Viktor s'époumonait à l'autre bout du fil.

— Je veux les pierres ! Je les veux maintenant ou bien… Viktor se mit à tousser.

Dans sa rage, il ne réussissait plus à sortir les mots qui s'étouffaient dans le peu d'air qui lui restait !

— Ou quoi Viktor ? Si tu touches un cheveu de Sandrina, tu n'auras plus une seule pierre ! Est-ce cela que tu veux ? Tu auras les pierres, sous deux jours, comme prévu, mais en échange, nous voulons que tu libères Sandrina sur le champ !

— Vous rêvez ! J'ai le pouvoir....

— Tu n'as rien Viktor ! Et bientôt tu seras seul ! Personne pour te servir, personne pour t'admirer ! La fin est proche alors, à choisir Viktor ? Veux-tu les pierres ?

Après un court silence, Viktor dut se rendre à l'évidence. Sans les pierres qui lui procuraient encore un bref moment de plaisir, il n'était que le vide abyssal d'un corps dépourvu d'émotions, sans joie, sans amour. Après toutes ces années à essayer de ressentir ce qu'il n'avait connu que l'instant du clapotis de ses mains trempées dans le seau d'une eau de mer salvatrice recouvrant quelques cailloux bleus d'apparence anodine, il pouvait avoir les pierres qui lui rendraient ces moments- là.

— Demain ! Demain, 18 heures au manoir ! Soyez à l'heure ! Je veux toutes vos pierres et votre engagement de m'en apporter d'autres... Ou je vous retrouverai !

Le rendez-vous était pris ! Demain à 18 heures, ils allaient retrouver Sandrina... et faire face à Viktor !

Chapitre 12

Le jour du pardon

Malgré tout le ressentiment qu'ils pouvaient avoir envers lui, Pauline insista sur l'importance qu'il y avait à n'éprouver que des sentiments de bienveillance à l'égard de Viktor. Plus ils seraient nombreux à lui manifester de bons sentiments, plus les entités qui l'entouraient auraient du mal à l'approcher. Pauline était persuadée que l'âme de Viktor errait quelque part. Elle insista aussi sur l'importance de prévenir le maximum de personnes afin de créer cet égrégore de bonté et d'amour autour de lui, même à distance. Elle demanda à Julien de prévenir tous ses contacts de l'heure du rendez-vous afin qu'ils manifestent tous au même moment de l'empathie envers cet homme, qui, au fond, devait être bien malheureux. Benjamin faisait entièrement confiance à Pauline qui avait même convaincu Philippe de participer à ce qu'elle appelait le "jour du pardon". Philippe devait lui aussi se débarrasser de ce fardeau qu'était sa colère pour la perte précipitée de son grand-père.

L'équipe passa la journée du lendemain à convaincre tous les habitants de Bouin. Ils n'eurent pas fort à faire, tout le monde était d'accord pour venir en aide à une âme perdue.

La pendule affichait 17h30 ; il fallait prendre la route. Benjamin portait le dernier sac de pierres qui restait. Devant la grande grille du manoir, Benjamin, Julien, Adriana, Laurence, Philippe et Pauline, ainsi que le jeune Alexandre, attendaient. Le froid sévissait encore mais les cœurs bienveillants étaient prêts. Le grincement de l'énorme grille commandée à distance surprit la troupe. Elle s'ouvrait vers l'inconnu. Pauline respirait avec difficulté. L'endroit était gorgé d'ondes négatives et l'atmosphère était des plus désagréables. Même l'odeur était suffocante. Il fallait rester concentré sur l'objectif : « manifester de la bienveillance envers

Viktor ». Imbu de sa personne, il était là, assis sur une sorte de trône au milieu de la pièce sombre. Bizarrement, l'endroit était fleuri, cependant, toutes les feuilles des plantes tiraient vers le bas et semblaient être desséchées depuis longtemps.

— Bonsoir Viktor ! Je t'apporte les pierres comme convenu. Peux-tu me dire où est Sandrina, s'il te plaît ? demanda Benjamin d'un ton aimable.

Adriana se concentrait pour n'éprouver que de l'empathie pour cet homme. Tandis que lui, gonflé d'orgueil, goûtait son plaisir. Cependant, rapidement quelque chose sembla le déranger. Il commença à gesticuler et à devenir nerveux. Il ne connaissait que la haine, et cette manifestation de bienveillance le perturbait. Il fallait qu'il soit désagréable pour nourrir ce qu'il connaissait : le mépris ! En réalité, il nourrissait toutes ces entités qui l'habitaient et gravitaient autour de lui. L'air devenait de plus en plus irrespirable pour l'équipe et Pauline encouragea Benjamin à lui donner les pierres sans plus attendre. Après un court instant d'hésitation, sans avoir encore pu apercevoir Sandrina, il avança vers

Viktor le sac plein des pierres magiques. Viktor se jeta dessus comme un enfant devant un sac rempli de friandises. Le serrant fort tout contre lui, comme il l'avait fait l'avant-veille, Viktor se mit à gesticuler comme s'il voulait se débarrasser de parasites.

Dehors, des bruits sourds retentissaient au loin, comme les pas d'une armée qui avançait. La mission qui s'annonçait était à la hauteur de ce qui se passait à l'extérieur. Toute la ville de Bouin venait participer à la reconnexion d'une âme perdue et apporter sa mansuétude à celui qui n'avait jamais eu la joie de connaître le moindre instant de bonheur.

La description qu'avait faite Alexandre des entités se manifesta devant les yeux ébahis de la troupe. Des milliers d'ombres sombres et démoniaques s'acharnaient sur Viktor. Le pauvre semblait souffrir le martyre ! Pauline voyait se manifester devant elle ce en quoi elle avait toujours cru ! Les âmes existaient après la mort et devaient s'élever pour trouver la paix et passer de l'autre côté ! Viktor plongea ses mains dans le sac ! Le bonheur se lisait sur son visage. D'un coup la pièce s'éclaira et une petite flamme dansa comme un voile lumineux et magique autour de Viktor ! Viktor la suivait de ses yeux émerveillés ! Ses traits se lissèrent et sa peau grise prit de l'éclat. Il jeta une poignée de pierres au sol et replongea ses mains dans le sac pour faire durer la magie. Mais, la petite flamme n'arrivait pas à l'atteindre. Des larmes coulaient sur les joues rosies de Viktor.

Touchés par la douleur de cet homme en perdition, les ambassadeurs de la première heure auraient voulu faire quelque chose pour lui, mais il n'y avait rien à faire. Le sac se vidait et il jetait un à un les cailloux qui finirent par atteindre ses sbires, devenant l'un après l'autre doux comme des agneaux. Viktor était seul, le sac était vide et la petite lumière commençait à s'estomper.

Pourtant, dehors, le ciel s'éclairait, devenait de plus en plus flamboyant. Une lumière bleue illuminait le firmament au-delà de l'horizon jusqu'à éblouir tout le monde. Et la lumière s'approchait encore, et encore ! Bouche bée, les yeux écarquillés, les membres de la troupe n'en croyaient pas leurs yeux ! Devant eux apparut alors nul autre que Mathilda !

Au centre des ombres sombres s'alluma soudain une lumière minuscule, pas plus grosse qu'une tête d'épingle, et les ombres éclairées s'élevèrent. Mathilda tendit le bras et l'âme de Viktor se posa au creux de sa main. Elle l'amena vers l'homme ébahi assis sur son trône et d'un coup le visage de Viktor changea, devint radieux et il se mit à sourire !

Dehors, les habitants, venus participer à cet élan d'amour, assistaient à un spectacle merveilleux. Des milliers de petites âmes perdues s'élevaient maintenant au-dessus du manoir pour retrouver le chemin de l'univers. La concentration d'affection portée à Viktor avait réussi à le libérer de son aigreur et de son esprit malveillant. Elle était parvenue à le rendre aimable, effaçant d'un coup le souvenir du triste personnage vide et haineux, et à le faire paraître digne de compassion.

Mathilda se tourna alors vers les ambassadeurs :

— Vous avez réussi votre mission, mes amis. Vous avez créé tant d'humanité que les vibrations sont arrivées jusqu'à nous ! Il y avait tant d'amour partout dans le monde que nous avons pu nous rapprocher de vous. Une erreur avait été commise il y a longtemps sur la plage du Portel, et vous avez fait en sorte qu'elle soit réparée. Cette terre vibre d'une énergie grandissante qui sera transmise à l'avenir par la connaissance de son secret : seul l'amour a le pouvoir de changer le monde. Seul l'amour compte.

Mathilda s'éleva vers le ciel et, avant de partir, emmenant avec elle comme une traînée de petites étoiles multicolores et scintillantes, elle envoya une petite bulle qui éclatant à l'oreille de Viktor, lui transmit un message d'apaisement.

Sandrina apparut enfin aux côtés de Marc pour des retrouvailles riches en émotions. Les habitants de la ville avaient quitté les lieux sans faire un bruit. Leurs pas avaient été légers comme l'air.

Viktor qui n'avait pas encore bougé de son trône se leva et étrangement, sa première réaction fut d'aller chercher un arrosoir et d'offrir de l'eau à chacune des plantes défraîchies de la demeure. Lorsque ce fut fait, il se tourna vers les autres, il avait maintenant le visage frais et innocent d'un enfant.

— J'ai toujours rêvé de faire pousser des fleurs, mais elles n'ont jamais fleuri. Je vais partir quelques jours, retrouver ma mère, je ne voudrais pas que les fleurs sèchent pendant mon absence !

Viktor semblait avoir une vie toute neuve devant lui et le passé n'être plus qu'un mauvais rêve. La petite bulle de Mathilda avait accompli son œuvre. C'était sans doute mieux ainsi....

ÉPILOGUE

De retour chez Sandrina, une surprise attendait les aventuriers. Devant la maison, assis sur le perron, Georges et Ingrid tenaient Mathilde et Marie dans leurs bras, tandis que Djoe et Inguie s'amusaient à observer les passants en citant des couleurs. Les étreintes n'en finissaient plus jusqu'à ce que les petits se mettent à courir après un couple un tantinet grincheux. Djoe et Inguie effleurèrent leur main et revinrent en éclatant de rire ! Bleue, bleue !

— Que font-ils ? demanda Laurence, intriguée, à sa sœur ?

— Ils reconnectent leurs âmes et s'émerveillent des couleurs ! Ils ont complètement intégré leurs pouvoirs ! Plus besoin de pierres bleues ! dit Ingrid avec un grand sourire.

— Et s'il n'y a plus besoin de pierres bleues, qu'allons-nous faire ?... lança Georges, l'air espiègle.

Un instant de silence s'en suivi puis, les amis s'exclamèrent en chœur :

— Vous restez ?

— Ouiiiii ! Nous rentrons à la maison ! annoncèrent Georges et Ingrid radieux.

Marc et Alexandre devinrent les meilleurs amis du monde. Sandrina les embaucha pour faire grandir son agence de voyage et Alexandre eut un toit et une nouvelle famille.

Le manoir, devant lequel Sandrina passait régulièrement, avait belle allure. Les plantes du jardin étaient magnifiques. Viktor s'y était installé avec sa mère et en avait fait un lieu convivial où chacun pouvait venir y admirer des plantes du monde entier. Il y recevait régulièrement botanistes réputés et étudiants. Son jardin de fleurs était sublime et, chaque semaine le portail s'ouvrait pour que tous ceux qui le désiraient puissent venir y chercher un bouquet qu'il cueillait lui-même avec la délicatesse d'un amoureux de la nature. À cette occasion, il fit la connaissance d'une jeune veuve passionnée elle aussi par l'horticulture. Quelques mois plus tard, il osa la demander en mariage et il accueillit au manoir la petite famille qui comptait 4 enfants. La maman de Viktor, qui avait tant souffert, devint une mamie aimante et comblée. Viktor était heureux....

***

L'été était revenu sur le Portel. Ingrid regardait par la fenêtre. La soirée était tiède, le soleil couchant magnifique, les couleurs changeantes de l'océan et du ciel entremêlé de nuages transparents et dorés donnaient au paysage un air irréel et féerique. Elle sortit sur le balcon ; la soirée était trop belle et la mer trop envoûtante. Ingrid n'y tint plus, elle mit son maillot de bain. Il fallait profiter de la chaleur de l'été, souvent trop court sur les plages du nord. Elle prit sa serviette de plage et, alors qu'elle s'apprêtait à sortir...

— Attends-nous ! On vient avec toi !

Nous espérons que vous avez pris autant de plaisir à nous lire, que nous à écrire les tomes 1 et 2 des « Vagues de l'enfer » !

Vous pouvez nous laisser un petit mot sur notre page Facebook :

www.facebook.com/lesvaguesdelenfer/